我是主播

在NHK的23年

〔日〕国谷裕子 著

江晖 译

上海译文出版社

推荐序

了解日本的另类视角

毛丹青

（《在日本》主编）

"了解"可以有多样的视角，无论是对国家，还是对个人，其多样性不会改变。旅居日本三十多年，多样的视角让我增加了"了解"，尤其是在异域文化的语境中，让"了解"持续下去已经变成了我的愿望。

很多年以来，我们对日本女性的了解似乎形成了若干定式，类似樱花树下的和服女人、家庭主妇、艺妓，以及政府现任的女性大臣等，包括宝塚歌剧团和偶像组合AKB48，都是让我们"了解"的视角，而且是多样性的。不过，从我个人的所想而言，策划出版《我是主播》《五十岁，我辞职了》《音的记忆》这套有关日本女性的书籍也许是上述多样性的一次延伸，因为书中的叙述不仅让我了解了日本女性的力量，同时也让我了解了日本。了解日本是为了丰富我们自己的智慧。

日语里有个词叫"女子力"，曾获得平成二十一年（2009 年）日本新语与流行语大奖提名。原本以为这只是一时风靡的社会现象，但一直到令和年代，这个词仍然出现于很多领域，尤其是涉及日本女性的自立以及职场生涯的时候，"女子力"的词汇活跃度就会明显增加。这一方面强调女性积极向上的生活态度，另一方面也说明了日本社会对女性的认知变化。相较于传统观念，这一变化的进程虽然并不那么激进，但的确是向前迈进的。当然，有关"女子力"一词的用法，有时也跟女权主义挂钩，在日语的语境中呈现出复杂的一面。不过，从当代日本社会的文脉中观察，这三本书所反映出的文化现象，尤其是作为日本女性的个人叙述，无论是其中的细节，还是所展示的人文情怀，都是一种真实的写照。我甚至觉得这些写照是跨界的，作为非虚构文本，给人一种柔软的力量。

《我是主播》的作者是国谷裕子，一位在 NHK 电视台报道了整整二十三年新闻节目的最著名的女主播，出镜的新闻节目多达三千七百八十四期，每期三十分钟。她在书中详细地描述了主播的心得，尤其是海量的细节很吸引人。比如，有一回她采访曾获诺贝尔文学奖的作家大江健三郎先生，等到灯光、摄像机的机位固定完毕时，大江先生突然从皮包里拿出了一叠写满字的卡片，原来他为了接受国谷裕子的采访，已经事先写下了想要说的话。但几乎在同一个瞬间，国谷裕子对大江先生说："对不起，您能把这些卡片放回包里吗？"大江先生听后，当场收回了卡片。书中写道："采访人与被采访对象能否在采访开始前进入同一状态，这对采访工作来说是一个关键问题。"在日本，电视女主播是众多女性所向往的职业。这本书有职业的硬道理，还有人情，尤其是充满个人魅力的国谷裕子，更是值得职场女性关注的人物。

《五十岁，我辞职了》的作者是稻垣惠美子女士，她的爆炸头也许是她最有力的标志，她单身、无子女、无工作，眼下崇尚纯自然的生活方式，家里不用电，上楼爬楼梯，到了夜晚完全靠窗外的自然光线照明，号称"挺亮的"。她在辞职前是《朝日新闻》的编辑委员、电视新闻节目的嘉宾，成为日本知识界女强人的代表人物。这本书详细地描述了她对日本现代社会的选择，其文化着眼点是广泛的，很生活，很理想，同时也很励志。

《音的记忆》的作者是小川理子，现任松下电器的执行董事，同时是一位爵士钢琴家。她从小受家庭影响喜欢音乐，爱弹钢琴，甚至对在母亲体内听过的音乐都有记忆，很奇妙。音乐对她来说，更多意义在于"音"，至少比"乐"的存在意义要大得多。她是庆应大学理工学部毕业的，因为对"音"的痴迷，考入松下电器公司，参与了世界音响品牌 Technics SST‑1 的研发工作。不过，随着全球音响市场的缩小，松下电器于 1993 年决定解散她供职的部门，这让她非常失意。在这之后，小川理子开始用钢琴演奏爵士乐，2003 年出版发行了自己的 CD 专辑，并在同一年的英国音乐杂志上获得了年度最佳的好评，以"Swingin' Stride"品牌出道，几乎成了一位职业的爵士乐钢琴家。不过，因为无法放弃对"音"的追求，她依然留在松下电器，并未辞职。2014 年 3 月，大转机来了，因为大容量数码传送的飞速发展以及全球对高端音响的需求，松下电器决定激活音响技术的开发与市场的开拓，并任命小川理子为执行董事，让她负责整个 Technics 的品牌复活。这是一本日本职场女性的励志书，也是一本唯有女性才能洞察秋毫、娓娓道来，讲述人的情怀的书。学识、才华、苦恼、爱情以及如期而至的成功感，这些内容很充实，有些段落让人心动。她为这本书写出了三个关键词："工作""爱"与"坚持"。

其实，小川理子的三个关键词也是这套"女子力"丛书的核心内容。在此，让我感谢三位作者对这次策划以及对这套书的支持与配合，同时也感谢翻译们的工作和上海译文出版社的大力协作。谢谢大家。

2020 年 7 月吉日

目录

第一章

来自哈伯斯塔姆的警告

《独家报道930》

在我手上是一份日期标注为1993年2月1日的文件。署名是"特报二部930筹备室",标题为"平成五年新节目《独家报道930(暂定)》"。文件的封面上写着:"定位于新闻类节目与大型综艺节目之间,重视采访、制作人员视角的新闻策划节目","满足观众想要'深度了解当今社会'的需求"。关于节目制作的具体要求,文件中有着如下叙述:"本节目制作的基本原则是,不拘泥于节目整体的完整性和艺术高度,以演播室为基本平台,充分展现新闻素材与讯息的冲击力",并且特别注明:"每周周一至周四,由一位主播(人选待定)坐镇一间演播室完成节目。"

两个月后的4月5日,晚上9点30分,NHK^①的全新节目《聚焦现代》正式开播。周一至周四,每周四期。也许是因为连续每期都要挖掘独家新闻比较困难吧,节目重新换了名字。尽管如此,在节目制作组的热忱壮志之下,正如筹备文件里所宣扬的那样，这一档立志"满足观众想要'深度了解当今社会'的需求、成为'映射当今社会的一面镜子'"的新节目还是如期与观众见面了。

第一期节目"俄罗斯：危机的图景"，在我的开场语中拉开了序幕。

"这是从今年4月开始的全新节目——《聚焦现代》。每周一至周四，本节目将带您追踪社会热点，直面问题，深度挖掘。"

二十三年后的今天再次听到这段开场语，从"直面"这个词里，仍然能够强烈感受到节目制作组，以及被任命为主播的我所怀有的坚定决心。能够将"直面问题"在节目的开头如此直截了当地大声宣告出来，是何等难能可贵！而这档名为《聚焦现代》的节目，从这一刻开始，在往后的二十三年里，累计播出了三千七百八十四期。

记得节目刚开播不久，当时的节目负责人曾对我说，这档节目如果能坚持到两年就好了。如今竟然连续播出了二十三年，这是谁都没能预想到的吧。说到这一点，不由得联想起一件往事。

1998年11月18日，节目在开播五年半后，迎来了第

---

① 日本放送协会，是日本第一家根据《放送法》而成立的大众传播机构。

一千期纪念。这一期的题目是"看到流星群了吗——窥探本世纪的宇宙奇观",节目也是首次使用了虚拟图像,将整个演播室演绎成宇宙空间,这在当时是一种极具新意的演播形式。节目结束后,大家在 NHK 内部的一间会议室里举行了一场简单的庆功会,年轻的工作人员还特意准备了一只小小的彩球。庆功会的最后由我打开了那只彩球,一条小小的垂幕出现,上面写着"目标两千期"。当时参加这场庆功会的绝大多数人,在看到这句话后都不禁大笑起来。因为,大家谁也没有想过这档节目能坚持到两千期那么久吧。

然而,在那之后,节目又继续了十七年,已经远远超过了"目标两千期"。从 2000 年 4 月开始,节目的播出时间从晚上 9 点 30 分变为 7 点 30 分,时长也从最开始的二十九分钟变为二十六分钟,缩短了三分钟。但是,自首播之日开始,在之后漫长的二十三年间,节目的制作宗旨和构成,以及主播,都没有发生任何变化。

在瞬息万变的电视界,这是极其罕见的现象。经常有民营电视台的同行对我说,像《聚焦现代》这样每天围绕一个主题,能够长期保持在黄金时段里拥有近三十分钟的时间配额,真是令人羡慕至极。由此想起一位节目嘉宾曾经这样评价我们:"《聚焦现代》仿佛是一座凝神观察世事变迁的定点观测处,总能给人以一种莫名的安心感。"

定位于新闻与《NHK特集》之间

　　追根究底，《聚焦现代》的策划与制作，缘于那一年（1993年）NHK综合频道的新闻节目播出时段发生了很大的调整。NHK综合频道的晚间节目构成，自1974年由矶村尚德担任主播的四十分钟新闻节目《新闻中心9点》在晚上9点开播以来，之后的二十年里几乎没有发生过大的变动。晚上7点开始的《7点新闻》是三十分钟的新闻节目。晚上9点开始的《新闻中心9点》经过调整，先后改版为名曰《今日新闻》《新闻21》的新节目，随后播出时间也延长至一小时。

　　节目的构成从1993年开始发生了巨大的变化。与过去二十年大相径庭的是，《7点新闻》扩大为一小时的大型新闻节目，而晚上9点开始的新闻节目被压缩为只有30分钟的《新闻9》。

　　于是，开发一档新的节目迫在眉睫。在此之前，在晚上9点这个时间段里播放的新闻节目，不仅要播报当天的重要新闻，还时常穿插能体现导演的意见和广大记者的采访能力，并且具有高度的策划性和话题性的"特别报道"。而缩短节目时间造成的后果便是无法再为观众提供这样的"特别报道"。新节目《新闻7》虽然在时间上延长至一小时，在内容上却仅以当天的新闻报道为主，并没有安排"特别报道"的余地。因此，需要一档全新的节目来承接"特别报道"的任务。而由此诞生的，便是《独家报道930（暂定）》的构想，并且最终促成了《聚焦现代》的开花结果。所以说，在这样的背景下，《聚焦现代》是作为一档具有高度策划性和话题性的报道类节目起步的。

NHK的电视报道，主要可以分为两大类。一是以晚上7点的新闻为代表的所谓"定时新闻"，以及如《新闻中心9点》之类的"新闻节目"，另一类是在《日本的素颜》的巨大影响下制作的纪录片，以及像现在的《NHK特集》这样的大型报道节目。而《聚焦现代》被定位在这两大类节目之间。也正因如此，参与该节目策划的制作组成员们充满了挑战精神，希望能够借此机会创造出新的可能。于是在立志成为"映射当今社会的一面镜子"的同时，节目组也决定"不给节目选题设置禁区"。

为了节目的筹备，来自报道部和制作部的一群才华横溢的导演聚集到一起。

同时，更为重要的是，正如前面提到的筹备文件中所言，这档节目的最大特点在于"以演播室为基本平台，充分展现新闻素材与讯息的冲击力"，"每周周一至周四，由一位主播坐镇一间演播室"。

但其实就我个人而言，从接手这档新节目的主播工作开始到节目开播后的一段时间里，节目所宣扬的这些特点在报道节目的历史上将会占据怎样的地位，对于这个问题我完全是一头雾水。这档节目为何要拘泥于主播型节目这种形式？为何要以演播室为基本平台？此外，这档新节目，将给作为主播的我的工作带来什么好处？而这档节目后来会成为一档注重"语言力量"的节目，成为一档由主播发挥重要作用的节目，这些是当时的我完全未能预想到的。

来自哈伯斯塔姆的警告

　　然而，正当节目制作组为了这档新节目摩拳擦掌，至于我，后文会详细提到，出于想要"哪里跌倒哪里爬起"这一个人原因，也为了这次的全新挑战而热血沸腾之时，美国的一名记者对电视和报道节目的存在形态提出了警告。

　　他是大卫·哈伯斯塔姆，美国著名记者，作为《纽约时报》的记者曾经赴越战前线采访，并因此获得普利策新闻奖；其后还因为出版了描写白宫当权者的《出类拔萃之辈》等著作，不仅在美国，在日本也得到了大量读者的拥护。

　　1993 年 4 月 15 日，NHK 放送文化研究所为纪念电视开播四十周年，邀请哈伯斯塔姆来到东京，并举办了演讲会。

　　"问题的重点在于，电视究竟是提高我们的思考能力、让我们变得更加聪明，还是凭借其偏好花哨的表现形式、适合娱乐的特质在歪曲事实？"

　　哈伯斯塔姆从这句话开始了他的演讲。他一边以有联合国维和部队派驻的索马里、波斯尼亚和黑塞哥维那为例，一边指出"电视是一个拥有强大力量的宝盒，它能够唤醒民众、传达真相"。并且，在回顾越战报道时，哈伯斯塔姆说道："有时候，即使仅仅是一名记者，也可以证明政府并不是判断善恶的唯一审判人"。但是同时，他也强调，"在这里重要的一点是，电视传达的真相是图像而非语言。电视要传达的内容是简单的，并非复杂的。我们可以拍摄痛苦与饥饿来向全世界展示，却无法表述复杂的政治问题、思想和种种行为的重要性。"

　　论其原因，哈伯斯塔姆一一列举了电视的负面特征，例如，无论言语的内容多么重要也敌不过图像带来的视觉冲击，又如电视新闻总是善变的，再如电视总是要想尽办法让那些不喜欢复杂事物、排斥讨论类节目的观众不感到无聊，等等。并且在最后，他向全体电视工作者抛出了这样的问题：

　　　　人们真的可以依靠电视去更加深刻地理解国际社会吗？对于一些复杂的事情，电视试图给出过解释吗？通过电视，我们是更加深刻地理解了世界，还是仅仅徒增了恐惧感呢？我们真的可以不根据既有的偏见来看待拥有不同习惯的他人，而能看到他们真实的一面吗？如果不能的话，那等于变相肯定了我们至今所持有的偏见。观众们其实是这样期待的。因为，肯定既有的偏见比通过深层思考消除偏见要轻松得多。但是，作为像我们这样的新闻工作者，每天都应该去思考如何更加巧妙地使用电视。①

在美国新闻业的黄金时代，电视媒体一度被誉为越战终结者，而距离那个时代仅仅过去了四分之一世纪，曾经作为旗手之一的哈伯斯塔姆却对电视发出了如此严厉的警告。之所以花费篇幅做了如上详细的介绍，是因为在二十三年前，在哈伯斯塔姆举办演讲的那个4月里，《聚焦现代》迎来了它的首播。而如何解决哈伯斯塔姆提出的问题，这档节目将成为最好的试金石。我是这么想的。

---

① 引自《电视如何改变了美国社会——大卫·哈伯斯塔姆演讲会摘录》，《放送研究与调查》，1993年8月，NHK放送文化研究所。

语言的力量

　　如今是一个信息泛滥、媒体喧嚣的时代，每天狂轰滥炸的信息不留给观众片刻停息的余地，甚至可以说剥夺了人们思考的时间。尤以电视为甚，将图像的威力不遗余力地发挥出来，随时向人们传达着每分每秒发生的事情，在这一点上，电视完全碾压其他媒体。但是电视如果过度依赖它的这个特质，不可避免地会产生负面效应，即造成人们想象力的缺失，而想象力在人们的交流活动中扮演着极为重要的角色。

　　例如，在伊拉克战争爆发的 2003 年，各大媒体记者跟随美军到前方，利用最先进的转播设备进行报道，将美军在沙漠中攻陷巴格达的震撼场面以直播形式发往世界各地。可是另一方面，伊拉克的电视台却因美军最初的空袭而毁于一旦，无法正常工作。因此，电视上充斥着美军拍摄的空袭和随行媒体拍摄的美军进攻的相关影像，但无论是信息还是画面，关于遭受空袭的巴格达人民却鲜有提及。图像就是拥有如此力量，轻松扼杀你的想象力。然而我们能够肯定地说这些图像正确地描绘出了伊拉克战争吗？那些缺失的部分，我们媒体弥补上了吗？

伊拉克战争虽然只是一个典型例子，但是我们需要认识到，图像中展示的绝对不是那个对象的全貌。那么新闻节目应该如何应对图像的这种片面性特质呢？这是一道难题。而《聚焦现代》在面对这个问题时，选择的解决方式是"重视演播室现场"。通过演播室里主播和嘉宾的对话，来对抗以图像形式为主的报道。

并且，作为主播的我，唯一拥有的也只有语言。从结论来说就是，相信"语言的力量"方为一切的开始。"语言的力量"与电视的特质如同处在对立的两极，我们只有重视"语言的力量"，才能在图像的地位日渐升高的同时，用语言去探寻其真正的含义与背后的故事。

作为主播，我不断提醒自己拥有"想象力"、"全局掌控力"和"洞察力"的重要性，以及通过语言唤起对图像中看不到的部分的想象力这件事情的必要性，日复一日继续着我的节目。

电视报道的三大陷阱

在担任《聚焦现代》主播的这二十三年里，我也非常深切地体会到了制作电视报道节目的不易。提到其中的难，首先得讲讲这些年我时常感受到的电视报道所具有的危险性。

我进行了一下整理，总结出电视报道的三大"陷阱"：

其一，削弱事实的丰富性。

其二，煽动观众的情感共鸣。

其三，附和舆论的风向。

主播的工作完成得如何，很大程度上取决于能否成功地避开这三大陷阱。

其中第一点"削弱事实的丰富性"这个陷阱该如何避开呢？这其实是最有难度的。虽然制作电视节目的本意在于让观众理解节目的全部内容，但是稍有差池，又会掉入另一个陷阱，成为"仅追求简单易懂的节目制作"。如今比较流行的说法是，节目传达的信息越简单收视率越高，这背后就隐藏着一种危险，即为了追求"简单易懂"，而削弱了事件真相的深度、复杂性和多面性，也就是事实的丰富性。尤其对于报道类节目而言，这一点可以说是致命的危险。

评论家兼作家边见庸先生根据自身参与电视节目制作的经验，曾经一针见血地指出"电视做的事情基本就是寻找易懂的内容、将事物简单化"。这是极其严厉的批评。但是如果转身将这种被批评的痛苦置之脑后，那也就没有资格作为一名电视报道从业人员了吧。就我自身而言，一直在努力摸索如何在追求电视报道"简单易懂"的同时又保留事实的丰富性，如何尽可能地将真相的深度和全面性展现给观众，而非将事物简单化处理到仅剩下易懂的内容。当然，一切都是说起来容易做起来难。

听其他工作人员说，NHK 在新员工培训时就强调，要求写出的新闻稿或制作的电视节目连中学生都能看懂。相信每天收看 NHK 节目的观众应该能够理解，从理论到实践显然是极具难度的。但是在时下"简单易懂才是电视"这种声音高昂的风潮中，还是难免让人忧心。

最近的电视报道为了追求"简单易懂"，通过图片、模型、漫画甚至重现视频等方式，可谓无所不用其极。但是这样的节目制作往往容易陷入一种模式：将事物简单化，只为求得 Yes 或 No 的结论。其实最危险的是，一旦习惯了这种报道方式，观众将只对"简单易懂"的内容产生兴趣。

当然，希望节目内容简单易懂这种要求原本来自观众。如果无视这种要求、不管观众理解与否，节目制作方一定会被批评为仅仅是为了自我满足吧。然而如果真如观众所期待的那样"简单易懂"地报道，对观众来说是一件好事吗？对于复杂的问题，难道没有必要让观众认识到它的复杂性吗？因为人一旦认为自己已经知道了，在那个瞬间就会立即停止思考。

数年后我在报纸上看到电影导演兼电视纪录片作家是枝裕和先生写的一篇关于电视的文章。

"并非是将难懂的事情变得易懂，而是要描绘出大家都认为易懂的事情背后隐藏的难懂，这样才能让智慧生根发芽。"

这不正是《聚焦现代》所追求的、也是作为主播的我一路为之苦苦追寻的目标吗？读到是枝先生的这篇文章时，我立刻产生了如下的想法，那就是不能仅仅停留在将事情"简单易懂"地传达给观众，而是要把看起来"简单易懂"的事情背后的复杂性、问题的严重性明确地告知观众。我想这也正是《聚焦现代》应该发挥的作用。

我希望观众能够尽可能地和我一起经历从提出问题到

解决问题所经历的多角度的思考过程，间接体验理解问题的复杂性、讨论解决方案等一系列流程，而非只为快速求得一个结论。一直以来，我应该就是基于这样的想法去对待节目以及观众的。

然而这种想法或许会给观众造成一种"不快感"。但我认为即使这样也没关系。或许是我的美好愿望吧，我相信每一位观众一定都拥有消化这种"不快感"的能力。在前文引用的边见庸先生的文章中，他紧接着给电视行业提出了这样的问题："究竟能不能创造出一个可以让人们反复去思考的环境？"

NHK 与其他民营电视台都设有"放送节目审议会"，这是根据日本《放送法》设置的，可以对放送节目提意见的唯一组织。我在 NHK 主页上公布的"中央放送节目审议会"的会议记录里，看到有一名委员针对 NHK 新闻的报道方式，以及为了保持中立而采取的并列式报道，提出了如下质疑：

几乎所有的问题，即使通过单纯的二元对立方式来描写，想要接近它的核心部分也是很困难的。因为无论什么事情，在赞成与反对之间都存在着无边的中间地带。并且大部分的观众也是在这个中间地带徘徊，来回变换自己的想法。而这种将看待问题的角度两极化的处理方式，与其说是为了寻找解决方案而进行深度讨论，不如说是强制观众加入相距遥远的两个小组，参与"赞成—反对"的分组站队游戏……但是这样做并不一定能使讨论更加丰富多彩，进而促进问题的解决。

那么如何才能杜绝非白即黑的简化处理模式呢？对于电视报道来说，这是一个艰难的课题。

风向原则

至于第二点"煽动观众的情感共鸣"和第三点"附和舆论的风向",这两点其实存在内外呼应的关系。

电视拥有的图像传达能力、同时性和及时性的力量是极其强大的。例如"9·11"事件中美国纽约世界贸易中心遭遇袭击的影像,以及"3·11"日本东北地区遭遇海啸的影像,这些图像能够在一瞬间让电视机前的观众产生极为情绪化的情感共鸣。另外如体育比赛转播,尤其是日本代表队的胜负争夺等相关播放也会造成同样的效果。接下来,媒体开始想方设法地去附和这种由图像煽动起来的观众的情感共鸣。

2001年"9·11"事件发生后,美国国民中有不少人一直在思考"为什么我们会受到袭击"。纽约本就是一座各色人种聚集的城市,其中信仰伊斯兰教的人也不在少数,所以这里拥有能够产生多样化视角的土壤。《聚焦现代》也于 11 月在当地制作了连续四期的系列节目，其中有对作家保罗·奥斯特和电影导演马丁·斯科塞斯的采访，他们都主动谈到了"为何我们会成为如此被憎恨的对象"这个问题。奥斯特说："在这次恐怖袭击事件之后纽约人开始了关于自身的思考，例如为什么我们会被袭击，我们可以依靠什么。然后环顾四周，这里是世界上最为纷杂的大都市，而我们喜欢的正是这样的纽约。于是人们变得更加亲切，不相识的人们也开始尝试交往。"斯科塞斯也发表了类似的意见，他认为："人们正在试图去了解以前并不熟悉的文化，对伊斯兰教毫无认知的人如今开始学习，这是非常有意义的事情。因为只有无知才会产生恐惧，恐惧继而演变为愤怒，而这种愤怒终将转化为杀意。"这是 2001 年 11 月 23 日播出的"系列节目纽约播报：美国何去何从④——凝视纽约"中的采访。

然而，在世贸中心被袭以及满街飘扬的星条旗的相关图像被反复循环播放的过程中，美国转瞬间变成了斯科塞斯导演口中那个因为无知而被憎恨与复仇情绪冲昏头脑的国家。

"9·11"事件的相关影像就是如此先将美国国民推向恐怖的深渊，其后又进一步促使国民产生情感共鸣，让人们因为燃烧的憎恨与复仇情绪形成强大的凝聚力，最终剥夺了人们冷静的判断能力。并且福克斯电视台因为这种附和观众情感的报道方式迅速提高了收视率，于是其他电视台也都紧随其后，纷纷采取了类似的报道方式。

让人快速获知世界时事也是电视作为媒体发挥的作用之一，并且满足了观众希望通过收看电视来了解他人动向的需求。因此电视天然就拥有将社会均质化的功能。同时另一方面，电视的制作方为了获得更多观众，不得不密切关注观众的动向。由此产生的观众与制作方之间的相互作用是无比强大的。电视煽动着观众的情感共鸣，导致的结果是，随着这种情感共鸣的日益高涨，电视又转过头来开始附和观众的情感。

如此相互作用加速了多数派的形成，而在这一过程中不可避免会发生排除少数派、排除异质的情况。剧作家井上厦将这种现象称为"风向原则"，即舆论风向在被媒体宣传扩大的过程中，其力度也愈渐加强，而当这股风力增强到无人能抗衡的地步，就会发展成"大家都是这么说的"，这就是所谓"风向原则"的威力。

电视往往会通过某一个瞬间来展示它的强大力量。那种促进观众的情感共鸣、形成强烈的命运共同感的力量当然也包括在其中。诸多媒体当中，尤属电视最为擅长触动人的感性、情感。也正因如此，为了获取更多的观众，电视制作方总是尽最大可能把电视的这种能力发挥到极致。然而当由此形成的命运共同感处于统治地位时，再想要宣传少数派或者反对派的意见便会难上加难。尤其当众人意见一致时，一旦有人提出质疑，很多时候会受到非常猛烈的反击。如此一来，在媒体内部也会发生"风向原则"。

这就是借助简单易懂的表现形式来附和观众的情绪，最终被观众的"情感共同体"同化的危险。媒体，特别是电视尤为容易踏入这个"陷阱"。因此，即使冒着会被反击的风险，也应该一丝不苟且持之以恒地去质疑、去求解。为了避免简单化、一元化的处理，需要从多样的、不同的视角去质疑。我认为只有坚持质疑，才能避免踏入"煽动观众的情感共鸣"和"附和舆论的风向"的陷阱。

第二章

哪里跌倒哪里爬起

主播生涯的最初岁月，在纽约的演播室

从英语播报起步

与 NHK 的缘分始于父亲接到的一个电话。

"听说令嫒的英文很好?"

来电话的是我们一家住在香港时认识的邻居,他原是 NHK 的驻香港记者。1981 年,NHK 开始筹划晚上 7 点档新闻节目的双语播送,这位记者作为此项工作的负责人,正在寻找能用英语读新闻稿的播音员,于是打电话找到了我。

我从美国的大学毕业以后,回到日本的一家外资企业工作了一段时间,但是未满一年就辞职了,对于未来也完全没有规划,就这么稀里糊涂地得过且过。所以得到这个播报英语新闻的机会后,我立刻去参加了相关考试并成功通过考核,顺利签约成为一名英语新闻的播音员。NHK 到目前为止下午 5 点档的五分钟新闻是实行双语播送的,并且在广播节目里也有英语新闻,如今计划在晚上黄金时段的新闻节目开始实行双语播送，所以对于具体的实施方案进行了多次讨论。

我最先接手的工作是尽快拿到晚上 7 点新闻节目中使用的日语新闻稿，把稿件交给负责翻译的工作人员，敦促他们在规定时间内完成英语翻译。记得那时，我就是无数次地在 NHK 放送中心五楼弥漫着香烟味的整理部工作室和三楼的英语放送工作室之间来回奔波。我经常在节目快开始的时候才拿到日语新闻稿，或者发现新闻题头需要修改，在如此紧张的气氛中，只能战战兢兢地站在工作人员身后，祈祷能够再快一点、能够再多拿到一张新闻稿，然后用最快的速度送到英语放送工作室。

初出茅庐

　　然而有很多人并不知道电视台开始了英语新闻播送，或者即使知道也完全无视那个站在后面等着拿新闻稿的我，所以我很多时候都面临着拿不到新闻稿的问题。偶尔也会有新闻稿比预定时间提前完成的时候，这就是所谓"闲料"，这时新闻稿会通过传真机慢悠悠地发送过来。但是我发现，当临近节目开始时，我站在工作人员身后，等日语新闻稿写完一张就立刻跑着送出去的这种原始的搬运方式才是最具效果的。

　　我意识到首先有必要让大家认识我。于是我每天提早来到整理部的工作室和大家打招呼："今天由我负责，新闻稿的事还请大家多多配合"，努力创造出一种和谐的气氛，这样之后再说"请给我新闻稿"就比较容易了。但是即便如此，过了傍晚 6 点 30 分却仍然拿不到头条新闻的稿件也是家常便饭，对此我也很同情在三楼工作室苦苦等待着的负责头条新闻的写作和翻译人员。当稿件比较长的时候，我经常拿着一两张稿纸先冲下楼梯，穿过长长的走廊，送达目的地后再跑回五楼送接下来的稿件。同时在工作室一角的播音间里，播音员也在翘首企盼英语新闻的翻译稿件，因为很快他们就要面临播报这些看起来很难的英语新闻的任务。还有些时候，如果遇到突发新闻，就不得不动用同声传译了。

我是归国子女，除了有几年小学是在日本读的，其余基本都是在国外的大学或者国际学校接受教育，所以对日本的情况并不是很了解，我自己也一直很在意这一点。就连在接受英语播音员面试，被问到想参与英语新闻工作的动机时，我也回答"是因为想要了解日本"。虽然我最终被录用是因为在国外生活时间长，英语发音好，可以流利地朗读新闻稿，但是像头条新闻和一些比较复杂的新闻都是由经验丰富的男播音员负责，我们女播音员是没有机会的。除播报新闻以外，有时候也要翻译新闻稿，但是到我们手上的都是一些关于祭祀庆典、农副产品上市等的所谓话题性消息，也就是通常新闻稿完成比较快的"闲料"。

英语新闻的工作每周两至三次，从下午 3 点 30 分到晚上 8 点，一共四个半小时。每到上班的那一天，我从早上就开始认真地读日语和英语的新闻，确认英语的说法，以便能够准确地理解在今天的节目里可能会出现的新闻。

收听英语新闻的一般来说是居住在日本或者短期来日本的外国人，所以在播报时需要尽可能地做到清楚易懂。很多对于日本观众来说是理所当然、再熟悉不过的事情，在日语的新闻稿里是没有必要添加背景说明的，但是在播报英语新闻时，却需要在相同时间内让外国观众也都能够听懂。

例如，在选举制度改革时提出的"小选举区比例代表制度"，这个题目几乎每天都要上新闻。在日语新闻稿中只需以"关于选举制度改革"这样短短的一句开头，但是翻译成英语时，却不得不加入说明，解释为什么要进行这样的改革，并且这种说明还要做到恰到好处、衔接自然。还有关于"洛克希德贿赂案"的判决，虽然我事先猜到那天大概会有相关的报道，但是在那一刻非常真切地感受到了新闻工作者们的惶恐不安。其实对于这个案件的整体情况连日本人自己都不是很清楚，却不得不在有限的时间内把新闻稿翻译出来，这就需要很强的专业能力。

我在翻译关于祭祀庆祝活动的新闻稿时，总是尽可能加上具体的地点、活动的由来等详细的背景说明。然而一旦插播紧急新闻，或者头条新闻的时间延长了，那么我加入的这些内容就只有被删掉的命运。看着这样的新闻稿，有时我都不禁担心，外国人真的能理解吗？

播报工作的起点

渐渐熟悉了用英语播报新闻的工作后，我计划认真着手新闻稿的翻译工作。因为发现在工作中时常需要同声传译，我就在一所培养同声传译的专修学校报了名并开始学习。分班考试是用英语进行的，所以我一下子就被分到了高级班，但是实际开始上课后，日语不太好的我顿时成为了班里的落后生。即使意思能理解，却无法用日语很好地表达出来。而这个班上有很多人虽然英语不太流利，但是日语翻译的水平很高，甚至能用日语表现出英语原话细腻的情感表达与优雅气质，我在一旁一字不漏地专心听着。

有一门复述课，主要是训练将听到的内容用语言准确地表达出来。经过这种训练，我感觉到之前一直不太熟练的日语表达渐渐好了起来。日语中有很多表现形式，即使能读能写，一旦到自己使用的时候却不那么容易。如今通过一边听一边实际使用的训练方式，仿佛将这些曾经很遥远的词汇都变成了自己可以自由使用的东西。这真是一种非常神奇的体验。对于一些没有用惯的、比较难的日语，我有时甚至很主动地想要去使用。这门复述课上使用的教材都是一些质量很高的演讲，通过这样的训练，我学习到了让人不由得想去模仿的演讲素材、令人回味无穷的表达方式、恰到好处的停顿处理，以及通过耳朵听后如何完整复述的本领，如今想来，对刚刚涉足新闻报道行业的我来说，这些都是促使我真正对语言表达产生兴趣的出发点。

在培养同声传译的专修学校学习还有一个好处，那就是经常需要在大家面前展现自己的语言能力，而这种训练锻炼了我的胆量。之前总是被人说，归国子女在用英语说话和用日语说话时仿佛变了一个人似的。当我用英语时可以非常大方地与对方平等交流，可是一旦说日语，要么过度客气，要么过度自信。可见对某种语言的不擅长会影响说话时的态度。尽管如此，作为一名落后生，我在班上也遇到了和我一样英语比日语说得更好的同学，看到她们不断取得进步，我觉得压力小了许多。

就在此时，我鼓起勇气向双语播送部门的负责人提出申请，希望能把播音员的工作换成写英语新闻稿的工作。我的申请获得了批准。此后我开始以新闻作者的身份去NHK上班，一周两次左右。责任编辑每天会根据当天《7点新闻》的预定需求给每一位作者安排当日的工作。作为新手，我被分配到的一般都是相对能够早点拿到日语新闻稿的新闻。用日语写作时，结论部分通常写在文章的最后。但是当遇到事情经过比较复杂的新闻，如果按照日语原文翻译，对外国人来说就很难理解。想要播报的内容哪个部分最具新闻价值？对外国人来说最难理解的是哪些内容？我不断思考着这些问题，日复一日继续着翻译新闻稿的工作。这一段经历，无疑为我后来的主播工作积累了有用的经验。

我一边在 NHK 从事双语播送的工作，一边在同声传译的学校继续学习，在这期间，我又萌生了一个想法，很想去试一试口译的工作。同学中已经有人开始在国际会议上担任同声传译，但是在学校里我就认识到自己并不擅长一边听一边翻译，更不要提同声传译一些连意思都不太懂的内容。如果是交替传译的话可以一边听一边记笔记，等对方停下来再开始翻译，这样就有时间来理解内容。而同声传译的话，在想要努力去理解内容的时候对方早已滔滔不绝进入了下一个话题，我却完全跟不上那个节奏，结果造成了一段尴尬的沉默。

我到底是做不了同声传译的吧。

接触新闻工作

　　尽管我已经想不起具体的原由了，我的名字被登记在位于东京千代田区内幸町的外国记者中心，之前有外国记者到日本采访时我曾经在这里帮过忙，而此后我开始从这里陆续接到一些工作。许多国外著名的报社和杂志社虽然在日本设有分部，但当他们想要制作特别报道，去取材时仍然需要带翻译和助手同行。于是我有机会陪同《纽约时报》《华盛顿邮报》《明镜周刊》以及《国家地理》等媒体的记者和摄影师去现场采访，主要负责翻译。

　　采访的主题丰富多彩，涉及日本的环境问题、产业政策、流行时尚和传统文化。每次采访前我都会就这次采访的主题与记者们交流，询问他们对什么内容比较感兴趣、如何评价这次的问题。并且，在一次采访结束后，经常还需要继续做相关的采访，记者们有时就会委托我去寻找合适的采访人选，我也因此积累了一些采访调查的经验。

这项工作最大的乐趣在于，在采访结束一段时间以后收到刊登出来的相关报道。为了捕捉合适的光线，摄影师有时会花几个小时去拍摄一个表情，同样地，记者也会为了达到满意的采访效果尽心尽力。通过漫长的采访终于到手的事实真相，记者们将会用怎样的语言或表现方式去传达给受众呢？因为一同经历了采访的过程，我对这一点分外在意。

此时的我有时也会受到NHK的委托，做一些诸如把英语采访录音转换为文字的工作，或者受《NHK特集》导演的委托，给一些身居国外、可能成为采访对象的人打电话，做事前信息收集。在听采访录音时，我经常忍不住想象，这个问题该怎么回答呢？如果对方这么回答的话该怎么继续问呢？说话的这位受访者究竟是怎样一个人呢？

现在回想起来，这一段经历教给了我新闻工作的魅力和艰辛，以及采访这件事情的有趣之处。同时我自己也认识到采访的重要性，事前的准备与提问的方法都会对受访者的回答造成很大的影响。目睹了世界上最具代表性的报纸和杂志的记者们的工作风范，又读到他们发出的报道，当然这些信息的背后也有我作为中间人发挥的小小作用，我似乎体会到了新闻工作的真正意义。由此，随着在电视、报纸、杂志等多种媒体积累了更多的工作经历，我对新闻行业的兴趣也一天浓似一天。

没有观众的电视节目

　　1985 年年末，自我开始接触新闻报道的相关工作已经过去了五年，此时我结婚了，于是在东京的工作告一段落，动身前往华盛顿，我先生所在的城市。就这样我算是辞去了自己的工作，但之后因为我先生工作的关系全家搬到纽约，我因此成为 NHK 驻美国总部的调查员，工作内容包括寻找采访对象、搜集新闻素材、陪同采访等，开始正式参与到《NHK 特集》的调查工作中。我到现在还记得在 1986 年曾经接到过为一档节目做事前调查的工作，节目的名字仿佛象征了正处于泡沫经济膨胀期的日本："世界的日本——日本的钞票正在全世界干什么"。

　　就在我渐渐适应了这份调查员工作时，有一天 NHK 的主要制片人突然问我："你想不想上电视？"我拒绝道："我没有接受过专业训练，日语也不太好，上不了电视的。"但是对方却一直坚持说："没关系，没关系！你可以的。"我忍不住问："为什么没关系呢？"不想对方竟然回答："因为根本没有人看。"这个回答太不可思议了，于是我反问道："怎么会有没人看的电视呢？"终于对方给出了如下解释："因为要收看刚开始试播的卫星频道需要专用的天线，而有这种设备的人微乎其微，并且你将在日本时间的凌晨3点至5点出场，所以根本不会有人看啊。"我考虑了一下，觉得既然这样，那倒不妨一试，于是接受了这份挑战。

新开播的卫星频道最大的看点是《环球新闻》，这个节目全天二十四小时从世界各地播送最新消息，除纽约以外还有伦敦、巴黎、马尼拉等地，按照顺序一条接一条连续报道。试播是从1987年7月开始的，NHK驻美国总部的记者非常心灵手巧地把一台电视机改造成了台词提示器，并在总部搭建了一间演播室。我清楚地记得，每天为了从这间小小的演播室直播新闻，相关的救急措施准备是非常繁复而辛苦的。

我负责的节目，先从问好开始，然后预报纽约的天气，在接下来的两三分钟里介绍《纽约时报》的头条新闻以及日本人可能会感兴趣的话题，之后播放CNN的头条新闻，有时候也会播放一些采访的内容。嘉宾通常会请熟悉百老汇的人，或者在华尔街工作的日本金融界从业人员，例如写过以美国为题材的小说的石川好先生就曾经担任过嘉宾。但在大多数时候，节目往往播报一些纽约市场的外汇汇率、证券交易所的股市行情等市场信息之后就结束了。

我需要先写好当天节目的开头语给总部的记者过目，再自己简单化妆、整理一下头发就开始录制了。虽然我觉得这样的工作并不算很难，但总是担心自己的日语发音是不是标准，有没有把"sa、si、su、se、so"发成"sha、shi、shu、she、sho"，所以节目结束后我时常去查看节目的录像。

节目开播三个月后的 10 月 19 日，纽约股市暴跌，也就是有名的"黑色星期一"。仅在一天时间内道琼斯工业平均指数与上个周末相比下跌了 508 点、22.6％，达到了有史以来的最大规模。那一天我一直在向日本播报持续下跌的股价，那情形依然历历在目。

或许真如 NHK 的制片人在劝我加入这档节目时所说的那样，根本没人在看这节目，因为我完全没有收到过来自观众的反馈。但是突然有一天，有一个人来到了我们的演播室，告诉我："我一直在看这个节目哦。"他是作家兼评论家立花隆先生。听说立花先生往往写稿到深夜，又对新鲜事物很感兴趣，所以经常在夜里 3 点到 5 点这个时段收看卫星频道。他是我的第一位观众。

现在回想起来，在纽约工作的这段日子，既没有受到来自观众的严格审视，也完全没有经历过考验主播能力的困境，就仿佛置身于一个类似大家庭的环境里，每天按照固定的模式在演播室静静地播报新闻，如此安稳。

读研，还是工作

在我担任这份工作尚未满一年的时候，命运又给了我一次巨大的转机。我从纽约的《环球新闻》这档几乎没有人收看的试播卫星频道节目，一下子被提拔到了每晚有几百万观众等候的综合频道。

1988年4月开播的《今日新闻》，取代了连续播出了十四年的《新闻中心9点》，成为一档八十分钟的大型新闻节目。除总主播平野次郎先生以外，再加上分别负责政治、经济、社会、国际、体育、气象和城市信息的主播，一共八人，节目规模空前气派，而我负责其中的国际新闻。可是我既没有驻外记者的经验，也没有在现场采访的锻炼，冷静想想，由我来负责随时都有可能发生大事的国际新闻，着实是个鲁莽的决定。我却未经仔细思考就接下了这份新工作。

就在做出这个决定不久以前，我收到了来自哥伦比亚大学新闻学院的研究生入学通知书，因为想要更加深入地学习新闻学，之前我提交了入学申请。那么是去读研究生，还是选择回日本进电视台工作呢？困惑如我，决定先去大学问问意见。结果负责招生的学院院长给了这样的建议："学校可以等你。但是工作的机会却没有那么多哦。"于是，"School can wait"这句话打消了我所有的疑虑。

曾经对于是否参与卫星频道的新闻节目我是那么踌躇不决，可如今不知是从何而来的自信，认为凭这短短不到一年的主播经验，就可以胜任无线电视的节目。只能归咎为自己把主播这份工作想得太过简单了。

挫折

在作为主播第一次走进东京演播中心的那一刹那，我完全被现场的气势震撼了；从家庭作坊般的纽约演播室，突然就被放到这个众人紧张忙碌的报道现场。节目开播前，首先需要制作一个测试版。这个测试版中报道了美国的总统大选，我从数日前就开始准备，总算是过关了。

但是节目一旦正式开播，预先准备好的内容突然被删除、写好的新闻稿一直被修改，这些都是家常便饭，我也体会到像这样的直播节目对现场随机应变能力的要求之高。而我的紧张就这样每天通过直播传递给了观众，僵硬的表情、结巴的语言表达，就连日语中的常见助词都用得错误百出。对于如此缺乏自信的主播，果不其然，观众们的不满纷沓而至。我受破格提拔得到了这份工作，可如今却只能以这样的成绩来回报期待，羞愧得无地自容。那段时间，我经常掉着眼泪从NHK往家走，对自己如此失望是前所未有的。

最让我困惑的是，我始终还没有弄懂主播的工作究竟是什么。在自己负责的那几分钟里，需要做哪些准备，要说些什么，又该怎么说？说到底主播的职责是什么呢？我连这些问题都没有搞清楚就站到了电视摄像机前。对此，我陷入了深深的疑惑。

明确目标

因为我的表现不尽如人意，出场的机会渐渐少了，半年后终究是被从演播室的主播位置上替换了下来。在那之后，我成为负责国际新闻的记者，例如去追踪美国总统大选，去泰国、柬埔寨、越南和老挝等中印半岛的国家采访。我去过因长期内战而有三万柬埔寨难民聚居的柬泰边境的帐篷区，去过还遗留着战争的痕迹却早已荒无人烟的中越边境，尝试了我从未经历过的现场报道。我发现在报道自己亲眼所见的事情时，似乎就会从容镇定很多，大家对我用英语工作时的状态也都给予了肯定。但是，这份工作做了半年后，我又被撤下了。

我因为偶然的机遇成了主播，并被破格提拔到综合频道，然而经验与能力不足也因此暴露无遗，仅仅一年就丢了工作。对我自己来说，这是人生第一次经历如此重大的挫折；但与此同时，又使我对主播工作产生了一份特别的执着。在过去这一年里，只要一想到每天在观众面前那不争气的工作表现，我惭愧得连出门的勇气都没有。我甚至想，如果不能在主播的位置上获得成功，那么恐怕将来都无法抬头面对世人了吧。

我要成为一名被大家肯定的主播！眼前的目标渐渐清晰起来。

站在时代的风口浪尖

在报道节目中表现不佳、辜负了众望的主播一般是不会有第二次机会的。但是非常幸运的是，我还有卫星频道这个资源，虽然观众仍然寥寥无几。卫星频道将于1989年6月迎来正式开播，于是在这一年的4月，我成了《环球新闻》的主播，播报国际新闻。

我回到卫星频道之后，世界上发生了许多足以重写历史教科书的大事。作为主播，我需要负责节目的现场直播，与嘉宾讨论，有时还需要通过卫星转播进行采访，这些都是我梦寐以求的主播工作，现在终于有机会一一去尝试。东欧各国的民主化运动相继爆发：波兰，匈牙利，柏林墙倒塌，以及罗马尼亚政权倒台，每天从世界各地不断发来新闻图像，刚刚开播的卫星频道努力将这些图像编辑进节目。

我担任主播的《环球新闻》原本只有一个小时，但是当事态发生重大转折时，有时也会调整节目的结束时间。一边看着新闻图像一边与演播室的嘉宾一起分析，与海外研究机构的专家一起探讨，有时还会中途换一批嘉宾继续讨论，这样节目的时间就会比较长。在迎来冷战体系终结的这段历史转折期里，我有幸体验了主播工作的种种。

这些巨大的国际政治风波究竟是如何产生的？会给日本造成怎样的影响，又会带来怎样的国际新秩序？学会从国际化、多样化的视角去看待每一件事情，这样的训练对我来说是非常宝贵的积累。另一方面，刚刚起步的卫星频道，以其灵活的节目制作方式为卖点，积极尝试丰富多彩的报道形式。于是为了弥补之前的失败，想要积累更多经验的我，每天都有发挥自己英语特长的机会。我渐渐体会到，虽然是初出茅庐，我的主播工作并不是全无意义的。

采访的考验

世界局势依旧动荡。在这期间，从 1990 年 4 月开始我调到了卫星频道的一档新节目，名为"解读世界"。这档节目每天通过一小时的采访来深度解读世界以及日本发生的事情。

采访类节目通常是没有事后编辑的，对提问者来说这是很大的考验。如果有编辑，就算提问稍有跑题，也可以在事后编辑时剪掉。但是如果连提问环节都全部播放出来，就是考验提问者能力的时候了。为了准备这个节目，我几乎夜不能寐。

为了配合采访对象的时间，节目的录制有时会在早晨，有时也会在一天内连续做几次采访。只要收到重要人物访日的消息我们就立刻发出采访邀请。最终我们有幸邀请到了如美国前国防部长卡斯珀·温伯格、德国前总理赫尔穆特·施密特、美国著名记者哈里森·索尔兹伯里、美国前国务卿亨利·基辛格和电影导演兼摄影家莱妮·里芬施塔尔等曾经创造了历史的大人物。我甚至有机会采访美国广播公司的主播泰德·科贝尔，我从学生时期开始就一直收看他主持的晚间新闻节目《夜线》。通常采访上述这些人物，至少需要一周以上的准备时间，但是我们只能见缝插针，尽一切努力来完成每一个任务。那段时间我基本上一天只能睡三个小时，如果某天睡满了五个小时都会忍不住感叹今天真是睡了个好觉。

接着又爆发了第一次海湾战争，随后苏联解体，国际情势仍然混乱。因为之前的挫折，现在的我全身心地投入到这份新工作中，即使身体状况欠佳、发烧、呕吐也坚决不休息，有时就把垃圾桶放在座位下面继续主持节目。

采访虽然很辛苦，但是我并不讨厌这份工作。因为通过采访，可以听到每一位采访对象独特的人生经历和思想，再把这些内容传递给观众。我从这样的工作中开始慢慢体会到无比的喜悦。

第二次机会

　·在卫星频道经历了四年采访工作的"魔鬼训练"后，1993 年，我又一次接到了来自 NHK 综合频道的工作邀请，希望我担任一档晚上 9 点 30 分开始的新报道节目的主播。这意味着我可以在那个曾经留下痛苦记忆的综合频道再一次挑战自己。我意识到这是可以重新证明自己的机会，于是立即答应了对方。

　　我曾经被破格提拔为《今日新闻》的主播，如果没有遭遇当初的失败，我的主播职业生涯将会如何发展呢？时至今日我仍然会思考这个问题。那就无法经历那些历史动荡，甚至连卫星频道的主播工作都无从谈起了吧。

　　卫星频道的《环球新闻》只有少数几名导演和主播，并且因为是二十四小时全天播出，所以节目时间充足，节目制作也比较灵活，如果有突发性新闻就切换到当地电视台的画面，然后与各行各业的嘉宾一边讨论一边剖析局势。即使有时准备工作不到位，也可以灵活机动地先播放其他新闻，而这部分工作大多是由主播负责的。很多次我都不得不去处理这种困难局面，但从结果来讲，这间接练就了我的气度，让我无论遇到什么情况都可以沉着应对。对于发誓要成为一名优秀的主播的我来说，能够获得这样的锻炼机会，是万分感激的。

同时，通过与世界的弄潮儿们对话、在第一时间播报国际情势的变化，也培养了我自始至终俯瞰全局、多角度思考问题的能力。我无数次体会到同样的事情在不同国家、不同立场的人眼中是完全两样的，由此我更加深切地认识到看待事物的方法并非只有一个，拥有复合型视角是一件多么重要的事情。

此外，多次的采访经验还告诉我，即使我的提问没能获得具有新闻价值的发言，电视也仍然能够通过语言的力量和表情的述说来展现它的伟大魅力。当然在采访过程中，采访人的提问方式会起到至关重要的作用，这也是事实。除此之外，我的切身体会还有：在直播节目里，到了最后关头只能依靠自己，这一点需要做好充分的心理准备。

那么作为主播应该如何与制作团队互相配合，做好节目的准备工作呢？那不仅需要专业的技术知识，丰富的经验积累也是不可或缺的，而这些都是我在卫星频道的四年时间里有幸取得的收获。

第三章

《聚焦现代》

节目开始前的演播室

这个人，行吗

从我开始担任主播以来，一直都是负责国际新闻的报道，从来没有涉及过日本的政治、经济和社会问题。而《聚焦现代》这档节目是覆盖所有领域的，那么可想而知，启用我来担任《聚焦现代》的主播，对于 NHK 来说无疑也是极大的挑战。在与节目编辑负责人和文案等重要人员第一次见面时，我嗅到了空气中弥漫着的质疑气息："这个人是谁？""这个人行吗？"尽管了解我在卫星频道的工作情况的人们很积极地推荐我，但是大多数人并不认识我。

我记得节目的策划室里贴着一张标语："VTR① 报道只是素材，而非完结。"意思是，负责取材的导演将拍摄回来的素材加以编辑，仅以此完成节目的制作，这样的做法是不允许的。这句话想要强调的是，有必要认识到 VTR 报道之后演播室里的现场部分其实也是报道的重要一环。因此除 VTR 报道以外，导演还需要策划主播与嘉宾的访谈。这是《聚焦现代》这档节目的宗旨。想要把节目制作成像《NHK 特集》或者纪录片类节目的导演中，一定有不少人对此非常困惑。因为很多人都希望能像纪录片类节目那样，从采访到编辑都由自己一手负责。

《聚焦现代》的目标是"不给题材设置禁区"，从政治、经济、事件、事故、灾害、国际，到文化、体育，都在可涉足范围之内，题材类型非常广泛。在组织构成上，从 NHK 的报道部和制作部分别抽出一个人担任责任编辑，由负责《NHK 特集》等大型节目的"NHK 特集节目部"从整体上统筹管理。除位于东京涩谷的演播中心以外，包括地方分部和海外分部在内的 NHK 的所有部门都可以提交节目策划方案。《聚焦现代》归属到"NHK 特集节目部"的管辖之下，可以说有了一个很好的起点，因为"NHK 特集节目部"这个部门对导演们的吸引力很强，因此我们的节目也更容易凝聚组织的力量。并且，一周四次、每次在不到三十分钟的时间里讨论一个话题，这样的报道节目对于报道部的采访组来说也是深受欢迎的。因为在一般的新闻节目里，即使拿到了丰富的素材有时也无法详尽说明，而在《聚焦现代》就可以做到这一点。于是很

---

① 磁带录像机（Video Tape Recorder）的缩写。

快，来自采访组记者们的策划方案多了起来，但问题也随之产生了：大家的策划方案被采纳的几率很低。后来我才听说节目因此被大家抱怨，说门槛太高。

《聚焦现代》的第一期节目，原定的话题是围绕老化的俄罗斯核潜艇被放置在海参崴的危险情况。我们经过了悉心准备，但是节目开播的前一天，俄罗斯政局发生了变动，于是火速决定更换节目内容，也就是 1993 年 4 月 5 日播出的"俄罗斯：危机的图景"。关于俄罗斯发生的政局动荡，只能通过与莫斯科的现场连线进行报道，而 VTR 报道也是在临播放前才加入了最新的图像。

题材是我经验比较丰富的国际新闻，并且遇到的是瞬息万变的特殊情况，这样的开头对我来说算是幸运的吧。《聚焦现代》努力的方向是截取有效信息、关注新闻的深层含义与变化，但是一旦发生紧急情况，时事传报也成为了节目的一大支柱。

我的工作是什么

　　《聚焦现代》会在节目播出前一天和播出当天进行两次试播，组织相关人员观看 VTR 报道并讨论。在节目刚开播的时候，我只参加节目当天的那次试播。试播时我会收到写着整体流程的节目内容构成表和 VTR 报道的台本。此时的 VTR 报道里已经加入了旁白和音乐，基本制作完成了，所以一般不会做太大的修改。我认真地听着意见，到最后大家总会问我："你有什么想法吗？"而我已经不记得在最开始时我是否在这个场合发过言了。我之前工作的卫星频道的《环球新闻》根本没有试播，所以这种形式的讨论会对我来说倒是非常新鲜。

　　但是在节目内容构成表上，仿佛台本一般详细地写着主播的评论和与嘉宾的对话，在节目里只要照着念就可以，于是我开始对自己应该发挥的作用产生了怀疑。我甚至连关于节目内容的讨论都没有参与。因为在讨论内容之前，"主播的工作究竟是什么"这个疑问让我裹足不前。要怎样做才能让大家觉得"把这个工作交给这个人是正确的决定"，怎样才能提高节目的附加价值？这些都是我不得不去面对的问题。

我能不能完成每天的节目？在卫星频道忘我工作的那段时间，我从未有过这样的烦恼。同样是主播的工作，为什么这一次我立刻就遇到了这样的难题呢？并不是因为观众人数突然增加了，也不是因为题材里有很多我之前没接触过的领域。用一句话概括，就是因为我从一个粗加工的地方来到了一个精益求精、非常讲究的地方，这是我的感觉。

我在海外生活的时间比较长，除小学以外，我几乎没有在日本接受过普通教育。是不是对日本人而言理所当然的事情，我却不知道呢？我的看法是不是与大多数观众的意见一致呢？我的潜意识里一直存在着这样的不安。

在《今日新闻》经历的失败绝对不允许再发生第二次，我的这种想法非常强烈。所以在开始的时候，连在演播室里对嘉宾的提问，我都事先写下来准备好；每次都是怀着如履薄冰的心情，小心翼翼地面对着摄像机。

然而节目很快就遭遇了日本政界的一次大动荡，我的这些心思相比之下就无足轻重了。刚刚起步的《聚焦现代》，因此迅速扮演起了强硬派的角色。而我只有尽己所能撑起这份重担，摇摇晃晃向前冲去。

第一次采访政治家

在新闻报道的世界里遭遇突发事件是常有的事。往往在你脚还没有站稳、还在摸索其中规律的时候，政界已经开始风云涌动。我们的节目开播刚满两个月时，羽田孜和小泽一郎宣布脱离自民党自立门户，成立了"新生党"，至此持续了三十五年的自民党一党独大的局面，即"五五体制"，分崩离析。

退党当天，羽田上了各大电视台的节目接受采访，也来到了我们的《聚焦现代》。这是我采访的第一位日本政治家。1993 年 6 月 23 日，那天节目的题目是"新党结成——倾听羽田代表的心声"。通常我们的节目有一半时间都是播放 VTR 报道，但是这一天除了两三分钟的录像之外全部都是采访的时间。

那一天，一直以来专门负责羽田采访的政治部记者也和我一起上了节目，但是采访主要还是由我主持。或许是因为我没有采访日本政治家的经验吧，这两位是被称为田中角荣首相财务管家的金丸信的左右手，他们脱离自民党究竟目的何在，对此我一片茫然。后来在节目制片人和文案的协助下，我终于成功地提出了如"关于金丸先生收受五亿日元贿赂的传闻，作为他的手下，您怎么看待这个问题？"这样重要却很尖锐的问题。节目中的采访始终保持着明确的立场，这对我来说也是难能可贵的。

我记得当时那位记者在演播室里没有太多发言，大概是因为作为羽田的专任记者，平日里已经做过大量采访，没必要在电视直播时故意装作一个旁观者来提问。否则当事人也会有所不满吧，觉得事到如今还会问这样的问题。而那时的我却恰恰以为只有熟悉的人才能追根究底地去问出最尖锐的问题。

但是在节目里，羽田对那位记者说"一直以来我都是这么跟你说的"，这让我暗自一惊。或许只有像我这样既不了解情况、又从未有过任何接触的人，才能不受约束地去自由提问吧。即使明知道这个问题可能会引起对方的不快，鼓起勇气也许能问到点什么，我怀着这样的想法继续大胆地提问。

羽田当天参加了所有在东京的电视台的节目。我还记得，事后在某份报纸上看到有读者反映"《聚焦现代》的采访是其中最好的"，当时自己是那么地高兴，也终于松了一口气。在卫星频道我有过四年的采访经验，而作为主播，只有通过不断探索答案、让对方的人物形象更加鲜明地表现出来，并且深层挖掘新闻背后的故事，才能体现出主播的价值。在节目开播不久后我就尝到了一点所谓成功的经验，我深感自己的幸运。我不禁觉得自己或许真有那么一些能力呢，于是渐渐有了自信。如今回想起来，正可谓少年之勇啊。

通过这第一次对日本政治家的采访，我还近距离地感受到了日本新闻界中，尤其是实权派政治家与记者之间的微妙的距离感，这些是观众难以理解的关系。但是因为这次的采访在羽田刚刚离开自民党不久之后进行，所以整体还是在一种相对自由、融洽的氛围里完成的。后来我又有很多次采访政治家的机会，这次对羽田的采访可以说是很宝贵的经验。

随着羽田和小泽离开自民党自立门户，日本政界立刻掀起了一场风暴。在《聚焦现代》开播第一年的上半年，自民党连续三十五年一党独大的历史到此结束，日本进入了多党执政的新时期，因此我们节目的内容也基本都是围绕政治问题。而对我来说，这些是我作为主播从未涉及的领域，并且不知为何我总认为在公共电视台讨论政治问题是一件比较敏感的事情；但是这段时间里政治是最主要的话题，毫无经验的我对此一筹莫展。可事实上，因为这次的政界大地震，我们的新节目《聚焦现代》开始崭露头角，例如在 1993 年 7 月 29 日播出的"政权交替之路——问询在野党七党党首"里延长节目时间进行了热烈的讨论，又获得了采访下一任首相细川护熙的机会，而这一切与我的彷徨并无关系。

我从未受过专业的主播培训，可以说完全是通过长期的实际工作经验积累了一些个人心得。经过这段时间的观察，我发现 NHK 的政治问题相关报道远比我想象的要自由。原本我以为《聚焦现代》只是一个题材丰富、机动性强、整体比较平和的报道节目，如今却有一种被架着胳膊登上了 NHK 报道大舞台的感觉。

时代变革的力量

我们的节目于平成五年（1993 年）开播，从这一年开始，除了政界的地动山摇，日本又连续发生了许多大事，仿佛进入了一个动荡的年代。经济方面，地价连续两年下跌，在此之前尚能维持一年降一年升，如今首次出现了连续下跌，泡沫经济崩溃的惨重后果暴露无遗。这年秋天，还传来了日产汽车公司关闭座间工厂的消息，曾经以强大的出口竞争力著称的日本制造业也开始走下坡路。

我们在此时围绕白领裁员问题制作了两期节目，1993年 11 月 24 日的"裁员——企业的对策：公司重组最前沿的举措"和第二天 25 日的"突如其来的辞退信——雇佣调整：目标是中高龄管理层"。但是日本企业曾经引以为傲的终身雇佣制就这样被废止了，我仍然无法接受这个现实。一九八〇年代的日本被称为"Japan as No. 1（日本第一）"，那时我还没成为主播，只是协助来日本采访的国外记者做一些调查工作。彼时，来自欧美的记者们争相报道，认为日本特有的雇佣晋升制度激发了员工对公司的忠诚，这才是日本企业强大背后的真正原因。并且当时的日本企业经营者自己也觉得裁员是一件非常令人羞耻的事情。但是后来随着日本经济整体萧条，不仅是人员，设备和资产的重组也屡见不鲜，于是不知从何时起社会风向发生了变化，认为能够成功裁员的经营者才是能人。

我们仿佛进入了一个新的时代，无论是政界还是经济界，很多以前理所当然的事情到了今天都全然变样。而作为报道节目起步的《聚焦现代》，每晚围绕一个题目深度挖掘的节目设定却恰好符合时代的需要。现代社会变化莫测，丝毫不按既定轨道前进，每天的新闻已经无力全面涵盖了。而《聚焦现代》近三十分钟的节目，在这个不深挖则根本无法从整体上把握事情来龙去脉的时代背景下，其存在的意义受到了肯定。虽然资历尚浅，我们的节目就这样一跃成为 NHK 里的重要角色。

在重大变革到来之际，无所谓先来后到，所有人都会追逐其后。当竞争和全球化的浪潮席卷日本社会，造成了天翻地覆的巨大变化时，无论是《聚焦现代》还是我自己，都站在了一条新的起跑线上。接下来，就只有全力冲刺。节目在努力适应时代的变化，而每天在节目上报道这些变化，正是作为主播的我的工作。不可否认，变革中的时代给我带来了重要的机遇。

　　普通公司里有一套完整的制度，通过升职增强员工的工作责任心，培养其自觉性。但是作为一名自由签约主播，这种制度与我无关；我只能用自己的方法来维持并提高自己的工作积极性，加强责任心。好在有时代的变化推着我不断前行。

第一次报道地震

1995 年 1 月 17 日早晨，朋友的一个电话吵醒了我。

"关西好像发生了大地震，你的家人都平安吗？"

于是我立刻联系家人，确认他们都平安无事。感谢朋友在地震发生后第一时间通知我，让我打通了家人的电话，之后我才能保持镇静去关注相关报道。

高速公路坍塌，地震灾区被火光包围，眼前的画面让人难以置信。到目前为止我还没有报道过重大灾害。因为新闻节目的时间延长了，《聚焦现代》停播了两天，于是在地震发生后的第二天，我坐上新干线又换了一次船，辗转来到神户。让我深感震惊的是，实际的受灾情况远比电视上看到的要严重得多。电视报道应该是选取了受灾最严重的地方，但是在我所到之处，倒塌的住房随处可见，甚至还看到有楼房的一整层都毁于一旦。我深刻体会到，灾情如此严重，只通过电视画面是无法把整体情况报道清楚的。

　　尤其是长田区一带被大火燃烧殆尽,那种悲痛我已无力用言语去表达。火虽然已被扑灭,地面还带着热气。那就是一片烧焦的原野。到处能看到跪着的人们,焚香、双手合十。失去了一切的人们如此茫然无措,而对亲人离去的痛楚和悔恨又是那么强烈,此情此景,令我泣不成声。

　　从阪神大地震发生后的第三天开始,《聚焦现代》在大阪的演播室连续播出了九期节目。受灾情况还未能全部掌握,警察发布的遇难者名单每天都在增加,大小余震也连续不断。

　　1995 年 1 月 19 日播出的"为什么我们失去了那么多的生命——兵库县南部地震"是灾后第一期节目,如今再看就能发现,没有灾害报道经验的我在遇到这种重大灾害时,声调拔高,完全失去了从容冷静。很多遇难的人是因为被倒塌的建筑物压在下面,我也亲眼看到了无数失去亲人的受灾民众。该用怎样的语言去描绘这次的震灾呢,我再次陷入了迷茫。

　　随着受灾情况日渐清晰,我们也没有时间像往常那样有条不紊地进行试播和开会讨论,抓紧制作完节目后就立刻进入现场直播。想到那些还处在一片混乱当中的受灾民众,在节目里我提醒他们要尽量避免二次受灾,安抚人们悲伤的情绪,并希望能及时送去有用的信息。其实我的心情也是很复杂的，但是我只能一遍又一遍地告诉自己，越是在这样混乱的时候，作为传达信息的人越需要保持冷静。

第一期节目播出后正好是周末，为了给受灾的朋友送一点食物，我动身前往西宫。电车都停了，我只能沿着电车轨道一路走过去。路上遇到很多同样步行去灾区的人。店铺几乎都关着门，即使有便利店在营业，店里的货架上也根本没有商品。有一名和我们一起从东京来的女助手到灾后避难所当志愿者，帮助受灾民众干洗头发。

通过在受灾地区实地走访、与受灾民众交流、亲身感受受灾情况，我渐渐能做到在报道这次地震的相关情况时保持沉着冷静了。灾害发生后媒体会在第一时间带着摄像机赶赴现场，对受灾人员进行采访。灾害报道要求站在受灾者的立场上去报道，而作为主播的自己究竟是否有这样的资格呢？我不禁产生了疑问。

为了节目，我在大阪的 NHK 和受灾地区之间来回奔波，尽管高烧不退，我却一刻都不想休息。主要制片人很担心，找来一位临时主播替代我，我告诉他"没关系的"，就又站到了摄像机前。

不知从何时开始，人们总认为日本是一个经受得住地震考验的国家，然而高速公路坍塌、楼房倒塌、交通瘫痪，阪神大地震击碎了日本社会的安全神话，作为媒体工作者的我们也有很多问题需要去反思。另一方面，地震发生后受灾民众立刻到避难所自主避难，还有大量志愿者奔赴受灾地区，这种种行动很多时候也给予受灾民众勇气和力量。受灾地区的遍地狼藉历历在目，对于顷刻间变得一无所有的受灾民众，他们的悲痛我也感同身受，尽管我曾怀疑由自己来报道是否合适，这种犹豫还是随着对灾情了解的加深而逐渐淡了下去。

第四章

主播的工作

"9·11" 恐怖袭击事件，在纽约的
报道现场

主播是做什么的

收到的观众来信和对节目的意见反馈里，时常有人称呼我为"国谷播音员"，但实际上我既非 NHK 的播音员，也非专职工作人员，而是和 NHK 签了演出合约的"主播"。

现在娱乐节目里有时也会出现"主播"的说法，但在日本，"主播"的称呼最早是在新闻节目里使用的。人们开始意识到"主播"的存在——这么说似乎有点夸大其词——其实也就是开始使用"主播"这个词，是在 1962 年。在此之前都是由播音员来播报新闻的，东京广播公司在傍晚时段的新闻节目《独家报道》里起用了原是共同通信社记者的田英夫而非通常的播音员来负责播报新闻，并且称他为"新闻主播"，有人认为"主播"的称呼就是从这里开始的。

也就是说，"主播"这个词，是当播音员以外的人播报新闻时，用作对此人的称呼而出现的。另外不得不提的是，"主播"（caster）这个词其实是和制英语①。在美国的新闻节目里称主播为"anchor"，意思是把节目传递给观众的最后一棒赛跑者，但因为不需要为取材而四处奔波，或许也有另外一层意思，即主播就像是在演播室里下锚的角色。

接任田英夫先生的是 1975 年度日本记者俱乐部大奖获得者，古谷纲正先生。他的获奖理由是这么写的："作为我国早期的新闻主播取得了一定成就。充分发挥二十年的记者工作经验，为提高电视报道的可信度做出了贡献。"

随后，NHK 也于 1974 年在《新闻中心 9 点》里起用了同样是记者出身的矶村尚德先生担任主播，他的评论极富个人特色，也因此确立了一种全新的主播型新闻形式。在矶村先生担任主播十一年后的 1985 年，原东京广播公司播音员久米宏以主角身份出现在《新闻站》的演播室里，这一次他不再是以播音员的身份，而是作为主播闪亮登场。

在有新闻主播之前，播音员正确地读出新闻稿是新闻节目最基本的构成。而新闻主播的出现，让人们开始关注

---

① 和制英语是日语词汇的一种，利用英语单词拼合出英语本身没有的新词义。

这个在受众（观众）和传播主体（电视台）之间起着连接作用的角色，也因此把如何用口语来报道这一具有重要革新意义的课题带进了新闻的世界。但是在另一方面，新闻对客观性有着极高的要求，而如"个性"、"个人所见"等新要素，不可否认也会混杂着一些不良要素，一起加了进来。

我最开始涉足主播行业，正是在这个新闻主播形式得以确立并开始普及的时期。当然当时的我对此一无所知，只是因为偶然的幸运，坐上了这个被称为主播的位置。

《聚焦现代》的节目构成

一直以来，《聚焦现代》都保持着几乎不变的节目构成。首先用一段简短的图像和解说介绍本期节目的主题，然后是主播的开场语，接下来依次是播放第一段 VTR 报道、演播室嘉宾和主播的访谈、播放第二段 VTR 报道，最后再以嘉宾和主播的访谈结束节目。刚开播时，节目时间是二十九分钟，所以会有第三段 VTR 报道和第三次嘉宾与主播的访谈。节目开播八年后，时间被压缩到二十六分钟，之后就基本维持播放两段 VTR 报道。但是少了这三分钟，原本节目的"起承转合"变成了"起承合"，我总觉得节目的构成因此少了些趣味和深度。

有时也会因为需要把两段 VTR 报道合并成一段、只进行一次嘉宾访谈，但总的来说，在这二十三年里，节目的三大模块——"主播评论"＋"VTR 报道"＋"嘉宾访谈"是没有发生变化的。或许也可以说是不容许发生变化，我们近乎顽固地守着这条不成文的规定。

这是因为对《聚焦现代》来说，向观众多角度地剖析当天的主题是节目组最重视的事情。导演和记者们制作的VTR报道加上主播自己的评论，以及各行各业与这个主题相关的专家从他们的角度给出的评论，即VTR报道、演播室嘉宾和主播，在节目里形成了一个三角模式，这是我们的方式。能用眼睛看到的部分在现场拍摄进VTR，嘉宾运用他的丰富见识向观众展示事情的多面性，而我作为主播通常是站在观众的角度，或者当演播室里的嘉宾之间产生了不同意见时需要我去寻根究底。我们希望通过这样的节目构成，来展现主题的多样性、多面性，从而挖掘出主题的深层背景。在节目的构成里，我们非常看重嘉宾访谈和主播评论的部分，这也符合节目最初设立的目标——"重视语言力量"。

在制作节目的过程中，我终于慢慢领会到，能够用语言来表述你对时代的理解（即评论能力），以及能够游刃有余地应对嘉宾（即采访能力），不断培养和提高这些能力，就是主播的工作。

主播的工作：观众与报道方的桥梁

　　虽然都称为主播，但是现在有很多从事主播职业的人，各自所发挥的作用、工作内容都不尽相同。根据我到目前的工作经验——当然一路也是磕磕碰碰、经历了很多挫折，从大的方面说，我认为主播的工作和应该发挥的作用可以分为四个方面。

　　其中第一点，是成为观众与报道方之间的桥梁。2011年我获得了日本记者俱乐部大奖，获奖理由是这么写的："作为电视新闻工作者，发挥了连接新闻现场与观众的媒介作用。"虽然这本就是主播该做的工作，桥梁的角色却不是那么容易扮演的。

　　因为节目每周播出四期，我很难有机会像记者和导演那样去现场采访。因此我只能借助各式各样的资料，每一个主题都进行大量的学习和准备直到自己满意为止。每周四的节目结束后，我总是两只手抱着纸袋子回家，里面装满了下周节目要用的资料和VTR。

通过和工作人员的讨论以及各种资料，除了可以获得自我认可和对细节的精益求精以外，整个时代的脉络也会逐渐清晰起来，这是绝对不能忽视的。但另一方面我也认识到，花时间去做准备的同时，一定要牢记最初产生的疑问，自始至终让自己站在观众的角度。现在看来这样的想法或许有失尊敬，但我觉得我不知道的事情估计很多观众也都不知道，所以有必要认真重视自己在最开始产生的疑问。

有了这样的想法，我终于克服了羞怯的心理，开始在节目组大大小小的讨论会上提出自己的疑问。我把自己最初的疑问抛给制作人员以及嘉宾，尽己所能去贴近观众的视角。自己不了解的事情是无法在节目里说出口的，这种态度在我心里渐渐明确起来。

当然这并不意味着我需要把与主题相关的全部情况都彻底掌握清楚。因为成为一个万事通只会和观众产生距离。而与此相比，牢记最初的疑问更加重要，只有如此，你才能成为连接报道方与观众的桥梁。

或许又有人认为，只要以一无所知的状态上节目就能贴近观众视角了，其实不然。因为主播的工作在保持和观众相同视角的同时，又需要将复杂的事情进行深层分析、从整体上把握，所以完全业余又实难胜任。并且在观众群体中，既可能存在对这个主题完全不了解的人，也可能有非常熟悉的人，甚至会有人说："怎么这个方面没有提到呢?"因此节目应该做到，即使相关领域的专家看了，也会认为我们对问题点的把握很准确。所以主播既需要具有相关的专业性，又要保持视角的业余性。如何处理专业性与业余性的共存，这是一门深奥的学问。

此外还有一点，发挥这种桥梁作用需要依靠语言。图像能够最直接地触动观众的感知系统，相比之下，主播在面对观众时却只能以语言为媒介，这是天壤之别。

主播的工作：用自己的语言去讲述

　　主播的第二项工作，是"用自己的语言"讲述。但这并不意味着要追求所谓"个性"或者大谈特谈"个人观点"、"个人意见"。前文提到过，当主播走到台前取代了由播音员朗读新闻稿的新闻形式，这样的变革在产生巨大影响的同时也带来了问题，有人担忧主播的"个性"与"评论"会和传统的新闻形式相冲突。

　　但是我所说的"用自己的语言"，既不是指发挥个性，也不是强调发表个人观点。当你面对观众，想要把自己的理解表达出来时，只能用"自己的语言"。或者说，你必须这么做。

　　想要让观众感受到节目主题和内容的沉重与炽热，只有自己先去体会这种重量与温度，把它们变成自己的想法，再用自己的语言传递给观众。我非常珍视这个过程，我不认为这是主观或个人见解。

《聚焦现代》在每次节目开始时，会有一分半到两分钟的主播开场语，称为"前说"。在有限的时间里，我需要介绍本次节目的整体内容、选择这个题目的原因，以及今天我们将从哪些方面来剖析这个话题，对我来说这可能是最重要的工作。

在这段开场语里，我希望能通过"自己的语言"让观众体会到这个凝聚了节目制作人员的诸多想法、经过无数次讨论、查阅大量资料和嘉宾著作提炼出的主题所体现的话题重要性，以及这个主题所散发出来的"热量"。在本书第六章我还会详细讲到关于这个"前说"的问题。

主播的工作：寻找合适的语言

主播的第三项工作，是寻找合适的语言。

《聚焦现代》在节目中展现的多是现代社会中较为复杂的层面，所以作为主播的我，经常需要使用新的语言去定义社会上发生的新鲜事，或者赋予一些旧词以新意，以此让日益多样化的观众形成共识，这也是非常重要的工作。

当一件新事物被赋予了"名字"，那之前没有曝光的问题就可能因此成为一个被广泛关注的社会问题，从而加快问题的解决。例如"犯罪被害人"这个词。《聚焦现代》在 1994 年 9 月 7 日播出一期名为"丈夫被杀，独留下我——犯罪被害人们之后的日子"的节目后，又继续邀请常磐大学校长诸泽英道先生作为嘉宾，制作了一共十一期以犯罪被害人为主题的节目。很多刑事案件的受害人以及家属，根本没被告之罪犯是否被起诉了，或者其中有些人从未接到过开庭的通知。这些犯罪被害人失去了原本平稳的生活，却得不到足够的援助，我们关注到这个群体的悲苦，于是坚持在节目里呼吁相关部门采取必要的措施。超过十期的一系列节目对刑事诉讼制度的改革起到了一定的作用，这要归功于将"犯罪被害人"这个词连同有说服力的实际情况进行了反复强调。这样做引起了社会对"犯罪被害人"群体的关注，也就间接起到了推动相关政策出台的效果。

还有一个词叫"女性经济学"。从 2010 年开始，《聚焦现代》有意识地对女性的工作方式问题给予更多关注，在 2011 年 1 月 11 日新年第一期播出了长达七十三分钟的特别节目"女性经济学将改变日本"。在这期节目里我第一次用了"女性经济学"这个词，并且在之后的节目中也尽量积极地去使用。"女性经济学"这个词要表达的意思是，如果女性能够和男性一样充分发挥出自己的力量，日本的经济竞争力将大大提高，经济成长也就指日可待。这个词最早是高盛集团一位名叫松井凯蒂的经济学家提出来的，后来我们的节目里高频率地出现这个词，并且通过多种形式的报道来阐述女性才是今后拯救日本的主要力量。

2006 年 4 月，我与诗人长田弘先生对谈时，他说了这样一句话："对新闻节目来说，就是当出现从未发生过的事情时，要去寻找合适的语言来表述，否则是无法传递给观众的。"而找到那样的语言并且传递出去，正是主播要做的工作。以下是我和长田先生对话的一部分，摘录在此。

国谷："电视容易使人们忽视语言表达的重要性，但其实在今天，语言表达在电视里发挥的作用越来越重要。很多看起来似乎很简单的东西，其实是非常复杂的，那么在这时，作为主播应该用什么样的语言、怎样去表达才能引起观众的兴趣？……这真是一个很难的问题啊。"

长田："图像增加的速度令人惊讶，信息膨胀的规模也让人目瞪口呆。尽管如此，对电视来说最根本的还是语言表达，并且是口语。所以与以前相比，人们通过语言来判断的趋势越来越明显了。"

国谷："虽说语言的重要性与日俱增，但现有的词汇还是远远不够呢。"

……

长田："如果说谈话类节目和娱乐节目要求的是巧妙地使用现有词汇，那么对新闻节目来说，就是当出现从未发生过的事情时，要去寻找合适的语言来表述，否则是无法传递给观众的。换句话说，新闻在传达信息的同时，其实也是在提出新的概念。而概念是必须通过语言才能定义的，所以用怎样的语言去表述、表述过什么，是非常重要的。"

国谷："根据使用的语言不同，那个图像和语言结合时的记忆也会不一样吧。"

长田："一句话改变一切的情况也是有的。新闻里使用的语言，可以说是新闻的方向盘吧。实际上因为语言的问题，可能会造成新闻想要表达的意思发生一百八十度大转弯。"

国谷："之前社会没有意识到的犯罪被害人问题，在最近十年里发生了很大的改变。虽然现在保护犯罪被害人的权益已经成为理所当然的事情，但是从被害人的角度来看，获知罪犯被起诉这件事情原本就是应该的。犯罪被害人这个词语的出现使理所当然的事情变成普遍化、常识化的认识。性骚扰这个词也是如此。随着新词的诞生，一些原本模糊的事情就能被理解得很清楚了。人们可以设身处地地去思考、感受这些问题。"

长田："对于不明了的事物，语言会对它进行定义。"

国谷："是的。用全新的词汇去定义全新的事物，再通过使用这些词汇，让日益多样化的观众形成共识，这是像《聚焦现代》这样的报道节目应该发挥的重要作用，我们将为之努力。"

（摘自《提问的力量——最初的交流：长田弘对谈录》，美篇书房出版）

新闻报道使用的语言，需要将全新的事实、不确定的事情以及不明了的事物明确地表述出来。也就是说，要从全新的现象里提炼出全新的概念，并由此制造出新的语言。但是正如我在第六章《语言的威力与恐怖》会提到的那样，当你用简单易懂的语言去表述一件新事物时，要十分注意避免弄巧成拙。

2001 年的"9·11"恐怖袭击事件，让我再次意识到寻找合适的语言是主播应该去做的工作。袭击事件发生后的第二天，我在节目组开会时提到准备在节目的开场语里讲这样一段话："布什总统在他的演讲里用'We are at war'这句话宣布了战争的开始，但是美国并没有看清楚她的敌人是谁。"于是在 9 月 13 日节目播出当天，节目的题目变成了"看不见的敌人——令人震惊的恐怖袭击事件"，并且这一期主要就是围绕"看不见的敌人"这个中心在进行。

我用这样一个词语，概括了对于尚未掌握真相的事件的看法，以及全体制作人员的感受和想要在节目中传达的信息。我把自己对时代的理解通过语言传递给了观众，一种满足感油然而生，这不仅是因为完成了分内的工作，更是由于体会到自己发挥了"寻找语言"的作用，用自己的方式为节目增添了附加价值。同时我也开始意识到对这份工作应该承担的责任。想到那一期节目，我似乎感觉自己作为主播的工作能力在那时上升了一个层次。

语言细分化

在现代日本社会，用语言来传达这件事情变得越来越难。这是我在制作《聚焦现代》的过程里切身感受到的。连看电视都从家人一起收看变成了每人各自行动，因此由电视产生的共同记忆将日趋稀薄，通过电视形成公共领域、公共交流平台也将是难上加难。

作家村上龙在和我的对谈里曾经指出："媒体用'国民'这个词来概括，仿佛所有人都是一个样子，这是经济高速成长期的后遗症吧。"当时我举"飞特族"[①]这个词为例，在这个群体里，有对未来充满恐惧和不安的人，也有对这种工作方式持积极态度的人吧。我想尽我所能去详细分类、准确表述，但是太过注重分类的细致又会影响对全局的把握。我告诉村上先生，我就是在这样一种矛盾中工作的。被细分的语言和促进共同理解的语言，用这两种看起来截然相反的语言去表述是极为不易的，但这正是我应该不断去挑战的课题。

所以，主播的第四项工作，就是采访。只要开口就能成为新闻的风云人物，专家们的真知灼见、妙语连珠，以及在公开场合从未得见的表情，对方在几句简单对话中展现出的不为人知的另一面，这些都是采访的魅力。而如何通过采访来获得这些语言和表情，那便是主播的工作。我非常重视这四项工作。更为详细的内容我放在了本书的第七章之后。

———————————

① 没有固定职业，从事非全国临时性工作的年轻人。

第五章

试播如战场

在全员试播会上

《聚焦现代》的制作过程

在本书第三章我曾经提到，《聚焦现代》在整个 NHK 里是一档相对开放的节目，接受来自各个部门的选题建议。一般由责任编辑负责在这些建议里进行筛选，至于采纳的标准也无法一概而论，比如可以成为"映射当今社会的一面镜子"，又比如能够满足"观众求知的需求"，其中富有时代气息感的新颖选题尤为受欢迎。

当然，每逢遭遇重大事件或特大灾害，就不会等收到相关的选题建议再行动，而是根据责任编辑的判断，有时会临时替换掉本来预定播出的节目内容。例如 1999 年 3 月 24 日的节目"海上警备行动的决定——对可疑船只的警告射击"就是针对那一天黎明发生的事情，在当天制作播出的。虽然节目要求有这样的灵活性，但如果责任编辑认为我们手上的素材不足以向观众清楚地、多角度地说明问题，也会干脆地作出放弃的决定，不会因为是事件或灾害就一定播出。

　　除以上那些紧急情况之外，在平常的制作过程中，一般是选题建议被采纳后，负责这期节目的导演和记者在策划节目整体构成的同时着手报道取材，进行到一定程度后开始寻找合适的嘉宾并与其沟通。取材结束后开始编辑VTR报道，这项工作平均需要五六天。然后制片人和导演将编辑中的VTR一小段一小段拿出来无数次循环播放，经过讨论后制作其中报道内容的部分，一直到节目播出前一天的"全员试播会"。

　　在这场试播会上，责任编辑、节目编辑、制片责任人、负责取材的导演和记者，以及记者部门的文案和管理人员、文案编辑、音响师等节目相关人员才首次聚集到一起，这时我也会参加，大家一边观看编辑后的VTR报道一边讨论最终的节目构成方案。根据讨论结果，为了第二天的正式播出，每个部分的负责人将再一次各司其职做节目的最终修改。从这个意义上讲，节目播出之前的这次试播会可以说是《聚焦现代》制作工作最核心的部分。

两次全员试播会

报道部宽敞的办公室里排放着多台编辑设备，室内一角设有试播角，那里放着两张大沙发和一块大显示屏。但我更喜欢坐在沙发旁边那张硬硬的椅子上，因为从那个位置可以清楚看到坐在沙发上的人们的表情。

《聚焦现代》的"全员试播会"是个着实让人紧张的场合。节目制作人员要当着责任编辑、其他相关部门的负责人、节目文案和主播的面，播放自己取材编辑的VTR。然后从各个负责人的自我介绍开始，导演如同正式播出时一样进行节目总体的内容说明，包括演播室的环节在内。所有人用心地听着其中的评论部分。这种紧张是令人愉悦的。即使对于担任节目主播的我来说，试播会也是丝毫不可松懈的场合。

全员试播会一共有两次。一次是在节目播出前一天举行的"前日试播"，一次是节目当天的"当日试播"。在

《聚焦现代》开播后最初一段时间里，我只参加了当日试播，甚至根本不知道前一天还有试播。但是随着节目的播出，我强烈地感觉到自己无法消化节目的内容。正当我为此一筹莫展的时候，发现原来节目播出的前一天也有试播会，并且在会上有很多重要的讨论。于是我向责任编辑提出自己也想参加"前日试播"，因为如果继续像现在这样，我就快跟不上节目负责人的步伐了。

这是战场

　　《聚焦现代》每一期节目会选择不同的主题。作为节目的主播，在节目前一天的试播会上才算是第一次真正接触节目里使用的素材，同时也有机会直接了解制作人员的问题意识与想法。我虽然无法像制作人员那样深入地参与每一期节目，但也希望能有与制作人员平等讨论的机会。所以我事先把工作人员为我准备的各种资料、专家的分析意见、演播室嘉宾的事前会议记录和著作等材料都认真读过，在自己有疑问和认为很重要的地方做上标记再来参加试播会。

　　其实到"前日试播"的时候，相关人员已经持续进行了几天的编辑工作，非常疲惫，在这个场合却要经历一场严格的检验。他们以制作完成的取材报道 VTR 为中心，确认节目的整体方向，讨论并决定最终要向观众传达怎样的信息。

"这样的话就完全看不懂了。"

"究竟想要表达什么呢?"

VTR报道的试播结束后,责任编辑们严厉的意见劈头盖脸而来。当然其中也不乏"很有意思"、"取材很不错"这样的鼓励,但大多时候是提出各种要求的声音此起彼伏。而我作为最后直接面对观众的主播,为了达到让自己满意的水平,也经常提出一些疑问和要求。

相关的工作人员很多时候因为缺少睡眠都红着一双眼。我们如此辛苦地去取材、提炼想法制作出来的节目,你究竟能认真对待到什么程度呢?我总觉得他们是在用这样的眼神看着我,所以我只有全力以赴!用一种置之死地而后生的气概。

我想我的这种想法,与直接参与节目制作的记者和责任编辑,以及其他所有人是一样的。如果我不做足准备就去参加试播会,说一些无关紧要的意见,那么大家会认为"国谷主播似乎对这个题目没有什么兴趣",又或者一下子就看穿我,说"什么呀,根本没有好好学习嘛"。如果给大家造成这样的印象,那不仅是对制作人员的失礼,节目和我都会失去凝聚力,而《聚焦现代》的一切也将随之土崩瓦解。

如果不能做到大家积极创造思想上的碰撞,并且抱着让节目变得更好的信念直到最后一刻,是无法制作出品质优良、内容深刻的节目的。面对制作人员的这份执着，我是否能很好地承担起相应的责任呢？在"前日试播"会上，我时常问自己这个问题。如果我做不到真正地理解他们的想法，那只能辞去主播这份工作了。当时我确实是这么想的。

主播的发言

VTR 报道试播和节目整体流程的说明结束之后，责任编辑开始提具体意见，包括如何让报道更具吸引力、如何能够更加清楚地传达信息，以及对嘉宾提问的修改等有建设性的建议。当遇到当事人内部发生意见分歧的问题，如果只采访到其中一方，那另一方的观点该如何表现？对于接受采访的人有没有做好相关的个人信息保护工作？责任编辑作为最终责任人必须顾及各个方面，提出有针对性的意见。责任编辑的评论结束后，接下来是相关部门负责人以及负责文案的工作人员发言。有从部门职责出发的内容，也有纯粹就节目的讨论，或者是从危机管理的角度提出的建议。我认真地听着每一条发言。

在这个相关人员都会出席的试播会上，大家一般会在最后征求我的意见。诸如觉得哪里比较有意思，认为观众能从中获得怎样的信息，有没有难以理解的地方，等等。

这一期节目提出的问题究竟有怎样的实际意义？有时对于发言的意图和内容，我也会对刚才的发言者直接提问。

随着取材的进一步深入，相关工作人员的构思在采访和画面中将逐渐成形。但是要在有限的报道时间内把这些全部展现出来，往往是非常困难的。如果每一帧画面都极其浓厚地反映出主创人员的意图，那么所有画面反而失去了魅力，而节目整体想要传达的信息也会因此变得薄弱无力。

那里真的需要吗？

　　我认为在观看试播时脑子里浮现出的所有疑问，无论巨细都一定要开口问清楚。通过在公开场合把问题放到桌面上来，有时能顺带发掘出一些隐藏的"地雷"或"隐情"。像"实际上因为背后存在着这样的人际关系，节目才这样编辑"之类的隐情，如果能在事先有所掌握，那么即使在节目正式播出时出现了可能会引发问题的发言，我也能快速应对，同时掌握好分寸。

　　开口提问还有一个重要原因，那就是当众多部门共同参与节目制作时，由于大家立场不同，很多时候的发言并不一定是围绕节目本身。例如尽管取材没到位，但是从组织的角度会要求节目把一定的时间分配给某个部分。因此有时通过试播也能看出组织的内部结构。

　　当然，负责取材的部门非常重视表现形式，并为此花费了大量的人力和时间，这种想法我十分理解，但是也不免担心这样会不会造成节目的中心思想不够明确。所以直截了当地提出疑问是非常重要的。之前提到过，有一次因为考虑到组织的因素，有人要求拆分时间配额，于是在试播会上讨论时我就直接提出了自己的疑问，节目最终还是修改为以内容为中心的时间分配方式。

有时由于负责取材的部门内部的一些原因，会安排原本计划之外的记者出镜，但这确有所需吗？这个问题也要在试播会上讨论。还有时在试播的 VTR 报道里，会非常突兀地出现企业或政府的领导干部的采访，我不禁疑惑，这从节目的整体构成上看真的需要吗？或许这是因为在向企业和政府申请采访的时候，如果说"我们还计划采访你们的领导"，这种方法有时非常有效。当然如果确实问到了实质性内容那也无可厚非，但有时却只能采访到言之无物的发言。这种时候我通常会问："那里真的需要吗？"然而一旦对领导进行了采访，一般来讲这个部分是不能轻易删减的。负责取材的工作人员一定对我充满怨愤吧，认为我是如此"不知他人之辛苦"。

如果采访视频里被采访对象的发言内容比较空洞，我也经常会在试播时提出类似"问题部分不要剪掉，让观众看到采访人如何提问"的要求。因为如此编辑能够清楚地展示出采访人的问题意识，即使被采访对象的回答稳妥无害，但对于收看节目的观众来说，问题的重点在哪里，而被采访对象又为何避免从正面回答问题，这些都是有价值的信息。

最想表达的是什么

大家一起讨论的时候，我一般仅从节目的角度出发去发表意见、提出问题。这或许与我的身份有很大关系，因为我并不是 NHK 的员工，而是一名自由的签约主播。随着主播经验的积累，我渐渐能够运用自己的经验去发表意见，而我的发言时常能激发起大家热烈的讨论，例如应该把视线聚焦到问题的哪一个点。每当这时，连平时比较沉默的年轻记者和导演也会加入讨论。

我很重视年轻的制作人员在取材的最初阶段产生的疑问和问题意识。因为在取材工作一步步进展的过程中，经常会出现没有拍到理想的画面、转而开始关注其他角度的问题等各种各样的状况，而最初的疑问和问题意识也就在不知不觉中变得模糊不清。通过看试播，每每能发现这样的情况。

我经常会问负责节目策划的导演和记者："你最想表

达的是什么？是出于怎样的想法决定围绕这个主题去取材的？"因为我想可能会出现因取材的效果不理想只能勉强凑合的情况，结果导致原本想要表达的信息在 VTR 里无法很好地展现出来。还有一种常见的情况，就是随着取材的深入，相关工作人员对这个题目也渐渐熟悉起来，于是不知不觉把"观众会怎么看、怎么想"的视角忘在脑后。有时借助"你最想表达的是什么"这个问题，也就是所谓回归原点，能够使制作团队内部积压的讨论再次浮出水面。

　　当今的报道现场以及节目制作现场仍然是以男性为中心的社会，女性是少数群体。在这种情况下，我作为一名女性参与其中，其实还起到了另一个作用。例如有一期节目的主题是反映女性贫困化加剧的现状，在试播时发生了这样一件事。发下来的节目内容构成表上写着节目预定的标题："Girl's Poor（女孩的贫穷）"。在看到的瞬间，我立刻产生了非常强烈的违和感。在附带托儿所的风俗店打工的女性、一边读着远程教育高中一边每天一大早就在便利店打工的女性、同时做着三份工作和贫困苦苦斗争的十九岁女性，她们的故事是"Girl's Poor"能够概括的吗？从这个标题中，我感受到的是一种完全出自于男性的眼光对女性问题的审视。于是我在试播会上提出了自己的想法，因为这是一个值得我们直击中心的主题。标题最终变更为"看不见明天——越来越严重的年轻女性之贫困",这是 2014 年 1 月 27 日播出的节目。

"时间轴"的视角

随着时间的推移，有时同一主题会以不同的表现形式再次出现在节目里。每当这时，我就能感到在自己内心形成的一种类似"时间轴"的东西。这也许是数年的节目主播生涯衍生的附带品吧。

自己心里有一条"时间轴"，也就更容易从整体上把握节目的主题。例如在试播会上播放的是全新的内容还是以前曾经有过的内容，或者是以前曾经有过，但没太在意，现在又开始关注的话题，又或者是一直被搁置在一边的问题。通过这样的分类方式，有时能够获得一些崭新的视角，重新认识问题的重要性，甚至可能发现前所未有的新课题。然后再经过多角度的讨论，一个更具现代意义的主题将随之诞生。而取材得到的素材可以通过试播获得更多新的视角，从而拥有更大的挖掘空间。正可谓制作的过程也是创新的过程。

2016年2月22日播出的"劳动崩溃的扩大化——公共服务承担者究竟发生了什么"节目中，讲述了保育和建筑工地等承担公共服务和公共建设的行业，由于竞争性投标造成价格低廉，从而导致劳动者的薪酬下降、生活窘迫的现状以及相关的解决措施。

在节目播出前一天的试播会上，当时使用的是"不断增加的没有正式员工的单位"这个题目。试播用的VTR报道先从非正式劳动者逐渐增多的现状开始切入主题，最后总结的部分也主要是指出公共服务业因非正式员工比例的扩大而产生的问题。但是，报道里所描绘的行业现状远远不只非正式员工增加这一个问题，承担公共服务的劳动者们经济状况窘迫，而整个劳动行业也将因此慢慢崩溃，这是我们在试播时产生的共识。

这是自治体地方政府自己制造的贫困。承担者人员素质的下降很可能导致服务质量的降低，而这种结果是自治体地方政府自己造成的。但是，究竟有谁希望产生这样的结果呢？

我认为这个主题还需要从另一个重要的角度来看。若要追根溯源，非正式员工制度的推行本是在从媒体到居民的强烈呼声，诸如"要杜绝自治体地方政府的资源浪费"、"要改革工作效率低下的问题"这样的风潮中产生的。节目有义务把实情清楚全面地反映出来。

于是在试播会上，我提出了这个视角的重要性，说："包括我自己在内也一直强调要减少行政的资源浪费，但是因此产生的结果我们究竟考虑了多少？现在这个问题，我们是不是应该把它看作结果之一呢？"

《聚焦现代》其实在 2008 年 4 月 7 日播出的名为"从官到民——外部委托隐藏的不安"的节目里，就已经讨论过公共服务的相关问题。节目认为公共服务民间委托政策的推行引起了劳动环境的恶化。在那一期节目的开头我是这么说的："不言而喻，减少浪费、提供高效率的行政服务，这是大家所期望的。"接下来的节目描绘了这背后发生的劳动环境的恶化，并提出自治体地方政府在削减成本的同时，也面临着如何防止雇佣环境的恶化这一课题。

然而，不想在节目播出八年后，劳动者的非正式雇佣问题更加严重，贫富差距加大、贫困人口增多等重大问题陆续浮出水面。在这种情况下，再一次面对同样的主题，我根据试播会上的感想和发言，将这一期节目开场语的着重点做了很大的调整。时间一共是一分四十秒。全文如下：

　　承接自治体地方政府的建筑施工以及服务工作的人们是否获得了能够维持他们生活的薪酬，有技术的人又是否享受到了应有的待遇？到目前为止公共建设和公共服务受到了太多如效率低下、浪费资源之类的批评，承受着纳税人对自治体地方政府的严格审视。于是自治体地方政府在财政状况不良的情况下，为了削减成本、提供更加高效率高质量的服务，开始积极推行公共服务民营化以及民间业务委托等改革措施。但是在注重削减成本的同时，却导致雇佣环境恶化的问题逐渐显现出来，例如在对广大居民来说极其重要的公共服务领域工作的人们只能获得根本不足以维持生活的薪酬。这种状况的持续，不仅会造成安全性和服务质量得不到保障，也极可能引起地方经济的衰退。那么，是不是自治体地方政府的这种订购方式带来了劳动者状况、企业雇佣以及经营环境的恶化呢？此外，承接人员日益复杂多样化，怎样才能做到在追求效率的同时保证高质量呢？我们一起来看一下这些站在公共服务第一线，却为生活而忧的劳动者的真实情况。

经过在试播会上的讨论，VTR报道又做了一些修改，增加了2001年以后政府新推行的规制改革的相关会议录像，并通过重新采访追加了专家的有关评论，明确指出政府推行的机构改革是引起雇佣环境恶化的罪魁祸首。此外在演播室的嘉宾访谈中，我对担任嘉宾的大学教授也提出了类似的问题：到底是不是为了促进公共服务市场化而实施的政策放宽造成了这样的结果。这一期的节目自始至终贯穿着这样一种思考：是不是一种强大的社会潮流造成了劳动者的贫困，是不是整个社会推动了劳动力的倾销？

这期节目的制作过程凝聚了我二十三年主播生涯的反省和所思所感。主播经验的累积产生了"时间轴"的视角，这种视角带来了在看待问题以及写开场语时的着重点的变化。如果能够回想起我们在《聚焦现代》过往的节目里曾经多次批评自治体地方政府办事效率低下、浪费经费，就不至于把"这些批评究竟产生了什么样的结果呢？"这样的思考忘在脑后了。

接好最后一棒冲向终点

如此这般，经过在试播会上的种种讨论，取材报道的修改方案、节目整体主题的最终定案、VTR 报道中仍需补充的要素，以及演播室嘉宾应该发挥的作用等也就逐渐清晰起来。

于是根据试播会上讨论的结果，节目制作人员立即着手 VTR 报道的修改，以便赶上第二天节目的播出。而作为主播的我则开始准备节目开场的评论，即"前说"的内容，以及与嘉宾的访谈。第二天，也就是节目播出当天的中午 12 点，同样的成员组合再一次聚到一起举行第二次全员试播，在这个"当日试播"会上为了节目的正式播出做最后的准备工作。

后来有不少制作人员都跟我反映"《聚焦现代》里面那个试播才是最有趣的"，还有人说"把这个试播放到人才培养的计划里来吧"。在试播会上，年轻的制作人员自己取材回来的报道，会收到来自各种不同角度的意见，有时甚至是残酷的批评。通过这种方式，他们能够重新认识素材的价值，发现自己挖掘得不够深刻的地方，也一定品尝过懊悔的滋味。即便如此，那个场合的讨论能让你发现全新的视角、学习精彩的编辑方式，节目经过这个过程逐渐显示出它的深度，而《聚焦现代》节目制作的精髓也全部包含在这个过程当中。

经过节目播出前一天和播出当天一共两次试播，接力棒最后交到我的手上。作为节目的最后一棒，主播在接棒之后，必须坚定不移地带着所有信息跑完全程。在试播会上感受到的来自制作人员的执着信念的督促和鼓励下，我走进节目的演播室。所以于我而言，试播是节目制作的原点。在试播讨论时发现的问题的复杂性，该如何传达给观众呢？节目播出前我时常夜不能寐。

就像这样，第二天节目的"前日试播"和当天节目的"当日试播"，一天两次全体人员试播会，一直持续了二十多年。在这个全体试播会上，电视报道的魅力与危险都体现得淋漓尽致。在本书第九章里，我会具体写到曾经因为掉以轻心而在一个不起眼的"陷阱"上栽了跟头的痛苦经历。总之，对于在场的每一个人来说，为了达到让自己满意的结果，《聚焦现代》的试播会上反反复复的讨论无疑是最重要的途径。

如果节目还没有达到自己认为满意的程度就播出了，那一定会让人陷入深深的自责。因为自己都不能满意的内容，就更加无法说出口、无法去传达给他人，甚至无法站在电视摄像机的镜头前。我就是怀着这样的想法来到试播会这个战场的。

第六章

开场语与嘉宾访谈

在 NHK 驻欧洲总部（伦敦）写开场语台词

传递"热度"

　　《聚焦现代》的任务是引导观众去发现问题，鉴于节目的这种性质，我们在节目开场部分设置了"前说"的环节。

　　在这段开场语里，既要包含节目策划导演和记者们的相关构思，以及通过取材成果 VTR 报道想要传达的内容，同时还要兼顾从观众的角度来看可能会产生的疑问，再加上我作为主播从自己的职业经验出发得出的观点。所以说"前说"是对每一期节目主题的基调设定，同时又要承担起向观众解释说明我们的节目将从什么样的角度切入主题这一任务。

　　"前说"的时间安排大约是一分三十秒至两分三十秒，而我准备这段开场语却往往需要两三个小时。写完了擦，擦完了又继续写。在我埋头写台词的时候，大概周身散发着一股强烈的"闲人莫扰"的气息吧。

对于一些观众不太感兴趣的、比较平常的话题，或者对大多数观众来说距离很遥远的主题，怎样才能让大家对节目内容产生兴趣呢？这也是对主播能力的一种考验。而对于一些在其他节目中早已反复播出的热门新闻，则有必要交代《聚焦现代》有别于其他的全新视角，以及我们也选择这个主题的根本原因。因此在这段开场语的内容里，我放入了最低限度的信息以吸引观众收看接下来的第一段VTR报道，同时也尽量做到从整体上对节目有所把握。

有一些主题虽然着眼点很小，看上去毫不起眼，但我希望能反映出其影响的范围之广以及社会背景之深刻。只有这样，观众才能发挥他们每一个人的想象力，开始意识到这其实是与自己切身相关的问题。此外，对于一部分存在利益冲突问题的主题，我非常重视在节目一开始就明确地告诉观众我们将从哪一方的角度来看待这个问题。

在本书第四章里我曾经写到，开场语如果不用自己的话来写，就无法向观众传递一种"热度"。即使语言表述不是那么流畅优美，但是我相信只要主播满怀热情，观众对于不甚关心的话题也会产生去听一听看一看的想法。比如这个地方比较重要、那个地方有一定难度，又比如此处还存在尚不明了的疑点等，如何才能做到满怀热情地去表述这些问题呢？这是至关重要的。因此在这段"前说"里，我竭尽所能地把制作人员们在整个制作过程中的种种体会，以及我自己通过全员试播和大量的资料所获得的感受都融汇其中，从而使节目的整体脉络清晰起来。

我的这些想法，其实都来源于节目的主题和作为素材的事实本身所具有的重要性。我们作为传播主体，要把经我们提炼过的事实的重要性及其自身所散发出来的"热度"同时传递给观众，这才是"前说"的根本出发点。这种想法愈强烈，"前说"就会愈加清楚明了。通过写开场语，我还可以进一步整理自己的思路，而节目之后的环节和在演播室里的访谈也得以顺利展开。

报道节目对于主播的要求，或许是如何能够使节目的内容和主题更加简单易懂。但是，"前说"的作用并不仅限于此。在我看来，比起简单易懂，更重要的是要让观众了解问题的深刻性和复杂程度。为了做到这一点，我在语言的使用方法上花费了大量的精力。因为我们想要和观众形成共识，如果随便使用没有明确定义的词语，双方难免在理解上产生差异，而节目就会在这种分歧的基础上进行下去。

为了促进观众的理解，我们有时在开场部分会配合"前说"使用一些图表、数码图像和录像。但是我要求在进行到"前说"中重要的内容时，一定要将画面切换回我的正面，因为我希望能够与观众进行面对面的交流，而这种视线的交汇对于思想的传递是极其重要的。

语言的威力与恐怖

媒体中的语言使用变得日益艰难。随着节目播出年月的积累，《聚焦现代》的"前说"也面临着同样的问题。在本书第四章里曾经提到，观众收看电视的形式发生了巨大的变化，一家人聚在一起争抢遥控器的时代一去不返，如今更多的是一个人坐在电视机前。因此对于主播来说，过去那种模糊笼统的语言使用方式，到今天就完全不适用了。想要描述极度细分化、复杂化的现代社会，首先必须完成严格精确的语言选择工作。

2015 年 7 月 23 日，我们以安保法制为主题，制作了一期名为"验证：安保法案，现在的问题是什么"的节目。导演写的节目内容构成表上的第一句话是："对于安保法制的理解问题迟迟未有进展。"的确，以各大新闻报纸为首，这种说法被媒体频繁使用，仿佛已如客观事实一般在社会上流传开来。甚至在舆论调查中也会出现类似

"你认为对安保法制的理解有所进展吗？"这样的问题，如果回答"我不这么认为"的人数居多，那么这个结果又会成为证明"毫无进展"这个事实的证据。

但是，这种说法究竟是否正确？"对于安保法制的理解问题迟迟未有进展"这句话，根据前后语境，是不是隐藏着"对安保法制的反对意见较多，是因为人们的理解还没有到位"这样的潜台词？那么通过这句话，言下之意"虽然现在反对的声音很多，但是只要人们的理解进一步加深，赞成的人数一定会增加"也就会在不知不觉中成为社会共识。类似这样的语句，没有经过认真的验证就拿来使用，这合适吗？我不禁怀疑。

最终那一期的节目没有使用这句话，我从 NHK 舆论调查结果中有关赞成或反对安保法制的具体数字开始引入了节目的开场语。或许你会认为这是一些微不足道的事情，但是在我漫长的职业生涯中，正是因为相信语言的威力，也体验过其恐怖之处，所以我坚持认为即使是世间广为流传的说法，也不能不经调查就轻易使用。

在几年前，"扭曲国会"这个说法一度风靡各大媒体，用来形容众议院和参议院的多数派分别由不同的政党形成。而由于两院的这种"扭曲"状态，通过国家法案往往需要花费更多的时间，造成了法案通过严重滞后的现象。话说回来，这种"扭曲"状态也是选举的结果，是民意的体现，这一点是毋庸置疑的。可是问题在于，当"扭曲"这个词被放在一些特殊语境里，就会被理解为这种现象是不正常的，是需要去修正的。而在这种"扭曲"状态下进行的参议院选举，也会被看做是用来消除"扭曲"的正当手段，即众议院的多数派政党同时也成为参议院的多数派政党才是"正常"的状态。因此可以说"扭曲"这个词在一定程度上助长了以上这种认识的流传，从某种意义上来看，这将构成一种投票诱导行为。

语言的威力是巨大的。一旦流传开来，谁也无力阻止。而媒体以及我们自身，对于这一点究竟认识到何种程度？为了追求简单易懂就去创造一个新词或者换一种说法，这种做法的危险性在"扭曲国会"这个词上体现得淋漓尽致。这难道仅仅是我吹毛求疵吗？

总而言之，对于这种看似简单易懂的词产生的效果，我们需要有更加深刻的认识。反过来，如果一个社会对这个问题无动于衷，那或许才是真正危险的状态。

只求公平

关于某些话题，很多时候 NHK 的报道姿态本身就会成为大众关注的焦点，所以当《聚焦现代》在节目里也触碰到相关话题时，应该出于怎样的考量来谈论这些具有争议性的问题呢？我们有必要让观众对 NHK 的基本态度有一个清楚的认识。

2013 年 9 月 24 日播出的"可视化的标准是什么——审讯改革面临的课题"这一期节目讨论了审讯过程的可视化问题，即警察和检察人员的审讯过程可以通过录音录像保存下来，日后用作法庭审判时的证据。事情的开端是日本厚生劳动省村木厚子女士被捕后被迫穿着完全淋湿的衣服这件事被曝光，于是关于在审讯过程中导入录音录像的改革被正式提上了议事日程。

在节目里我们选取了审讯录像最终成为无罪判决的决定性证据的真实案例，并且拿到了由检察人员提交给法院、在法庭上实际公开的审讯录像。这次改革被视为消除冤案的最有效的手段，我们这一期的节目策划是对导入可视化记录的具体细节进行讨论。

实际上，我们原本计划在距离这一期节目播出五个多月前的 4 月 15 日的《聚焦现代》里邀请村木厚子女士担任嘉宾，并且节目的主页上已经发布了相关内容预告。但是就在节目播出前的 4 月 5 日，由 NHK 大阪分局制作、在部分地区播出的《关西热视线》节目里使用了和我们同样的审讯录像，因此在检察机关内部出现了质疑的声音，认为录像除在审判过程中用作证据以外，其他用途，例如在电视节目中播出，都属于违法行为。而我们《聚焦现代》在那一期节目里也是计划使用同一段审讯录像，所以权衡之下，只得以"需要进一步取材"为由将节目延期。

《聚焦现代》节目延期，再加上之后检察机关向相关律师协会发出了对提供录像给 NHK 的律师的处罚要求，这个问题一时间被各大媒体竞相报道。提供录像的律师在接受媒体采访时也承认了相关事实，并申明提供录像具有高度的公益性，所以属于正当行为。在媒体方面，多使用类似"检察机关介入导致节目延期"这样的文字表述，从损害报道自由的观点进行了各种讨论。而 NHK 面对这些报道，采取的对策是对外宣布节目延期是为了进一步取材，与检察机关的动作无关，节目并没有取消，关于录像的来源无可奉告。

比预定日期晚了大约半年，我们的节目终于在9月24日播出了。节目播出前一天的试播会上聚集了大量工作人员，像往常一样，导演把从节目开场到VTR报道以及演播室现场部分的整个流程宣读了一遍。但是在参加试播会之前我就一直在考虑，和节目内容相比，更重要的问题是在受到世间广泛关注长达半年之后，我们应该如何解释在节目中使用审讯录像这件事。

然而在工作人员制作的节目内容构成表上的"前说"一栏里，并没有看到有关使用录像的说明。只是在相关录像播出后，由负责司法的记者在演播室的现场评论里说明一下节目是为了验证审讯过程可视化的实际效果，所以使用了在法庭上公开的录像。

在节目播出前一天的全员试播会上，大家对VTR报道以及演播室的现场部分进行了细致的讨论，提出了很多意见。对于VTR的内容和演播室里的流程我都没有太大异议，但是在整个试播的过程中都没有出现任何有关审讯录像的使用、有关NHK的态度的讨论，这时轮到我发言了。

我是这么说的，关于在节目里使用提交给法院的审讯录像这件事，检察机关方面提出了异议，并且对向NHK提供录像的律师发出了处罚要求，种种经过都已经被媒体广为报道了，那么在这种情况下，如果要在节目里使用这一段录像，就必须在"前说"的部分把NHK的态度说明清楚再正式开始。作为观众应该也希望了解NHK的真实想法，作为主播则有义务从观众的角度出发，面对观众、在"前说"里把事情解释透彻。

但是在试播会上，有人提出这一期《聚焦现代》如果涉及审讯录像的使用方法，我们能进行的相关讨论并不成熟，此外如果提到检察机关向律师发出处罚要求这件事，等于NHK自己主动承认了录像确实来自那位律师。可我认为在节目中使用相关录像究竟是基于何种判断应该对观众有所交代，于是再一次强调了我的想法，然而大多数意见还是倾向于对报道机关自我暴露信息来源的担忧。

最终，在这一期节目的"前说"里，我是这样开场的：

虽然关于提交给法院的审讯录像的使用方法存在许多不同意见，但是审讯过程的录音录像究竟能带来什么样的变化、产生怎样的效果，同时又存在何种问题，为了验证以上疑问，在今晚的节目里我们将播出法庭上实际公开的审讯录像。请各位观众在收看节目的同时注意保护当事人的个人隐私。这是一个通过将审讯过程可视化防止了冤案的发生，并暴露了审讯过程中存在的诸多问题的真实案例。

如今，回想着整件事情的经过再看一遍当时的节目，我依然认为，在那一期节目的"前说"里，关于 NHK 在节目中使用审讯录像的相关决定，以及出于具有高度公益性的报道目的，在使用审讯录像时是否也要遵循"除法庭证据以外禁止用作其他目的"的相关法律规定，这些应该留给观众去思考。即使是从报道自由的角度来看，获得审讯录像后在节目中使用也是可以成立的，当时的我却为何没能说出口呢？时至今日，徒留悔恨。

主播的视角

随着节目播出年月的积累，观众群体于我已不再是"一般大众"那样抽象的存在，我往往会根据每一期的主题去想象具体的受众。有时可能仅仅是极少一部分人群，例如在讨论无户籍人口问题的时候，我们自然会优先考虑无户籍人群的立场、无户籍人群将如何看待我们的节目，因为节目最主要的观众正是这些人。又例如在讨论国际问题的时候，目标观众则是全体日本人。而如果是有关冲绳的基地问题，那么最先想象到的观众当然是承受着巨大负担的冲绳人民。

但是对于和节目主题没有直接关系的人们，就可以置之不理了吗？当然不是。如何让这一部分人群在收看节目时也能够感同身受，这是我一直以来非常重视的问题。我相信即使是与自己没有切身利害关系的主题也一定有很多观众在收看，正是因为想到这些观众的支持，我们才坚持制作节目直到今天。

如何定位观众群体，这其实与主播的视角也密不可分。在 2015 年 4 月 2 日播出的"最后的同学会——冲绳之战·姬百合们的七十年人生"是《聚焦现代》为纪念战后七十周年制作的系列节目第一期。在七十年前的冲绳战役中，十二万冲绳人民献出了宝贵的生命。"姬百合学徒队"就是这段历史的象征之一，学徒队的成员、当时冲绳县第一高等女校四年级的三十八名学生，在她们迎来八十六岁生日这一年举办了同学会。我们在节目里讲述了参加同学会的人们所经历的冲绳之战以及在那之后的七十年人生。这一期节目是在冲绳制作的，并对同学会成员之一、时任姬百合和平祈念资料馆馆长的岛袋淑子女士进行了采访。

在节目组前往冲绳之前，在东京的办公室里举办的试播会上，大家争论的焦点是采访岛袋女士时究竟要不要提及冲绳的美军基地，尤其是现在最为主要的边野古基地的建设问题。我认为应该重视这次节目在冲绳制作的特殊性，并在会议上阐述了自己的观点。

印象中我作了这样的发言：既然我们去到冲绳，要制作一期关注冲绳的战时战后的节目，那么从冲绳人民的角度来看，战后七十年里对于冲绳来说最大的痛楚莫过于基地问题，况且目前最大的问题——边野古的基地建设也是无法回避的。

针对我的发言，也有人提出边野古问题存在意见分歧，并且与本次节目的主题无关，此外还有人质疑仅从冲绳的角度出发来讨论问题是否合适。但是事先取材的资料显示，嘉宾岛袋女士结合自己凄惨的战时经历以及冲绳在战后的境况，强调战争的准备一旦开始就不可能停下，这是一种源于自身经历的危机意识。而她的这些想法值得我们的尊重和重视。

与往常的东京演播室不同，这次的节目我们将由冲绳播出，那么我们就不能回避边野古问题。我们是去为冲绳人民传达他们现在的想法，这是我认为非常重要的一点。于是在"前说"的部分，我介绍过"姬百合学徒队"的悲剧历史之后，接着说了这样一番话：

> 很多经历过冲绳之战的人们至今都有着这样的想法，认为冲绳人民是为了保卫日本本土而牺牲的，自己不过是被当作了弃子。而历史遗留下来的这些深刻的伤痕，更是成为让冲绳在谈论基地问题时感到痛心的原点。如今由于普天间基地的迁移问题，日本政府和冲绳县之间产生了激烈的对立，冲绳认为目前县内已经集中承担了日本国内美军专用设施的70%，因此反对将基地迁移到边野古。但是日本政府却坚持实施迁移方案。

学徒队的成员们在她们多愁善感的少女时代经历了被视作冲绳伤痛之原点的冲绳之战，所幸她们活了下来，于是一直在努力讲述着战争的悲惨与和平的可贵。但是如今，当她们到了八十六岁的时候，突然产生了一种强烈的危机感，发现自己的讲述似乎越来越难以被接受了。战时，为了保卫本土，冲绳人民选择了持久战，而在战后，为了国家利益，冲绳又站到了安全保障的最前线。接受了历史洗礼的学徒队成员们带着战争的记忆和心灵的创伤，会如何看待当下呢？我们的节目采访了参加最后一次同学会的姬百合学徒以及她们的同学们。

在采访的最后，我对嘉宾岛袋女士提出了这样的问题："您和其他众人经历的悲剧，所谓伤痛的原点，以及冲绳一直在承担的安全保障的重任，纵观历史，您认为现在最让冲绳人民感到痛心的是什么？"

岛袋女士在十七岁时接受动员成为学徒队的成员，战后一直在坚持口述有关冲绳战役的历史。她是这样回答的：

> 有接近二十万人丢了性命，却还要承担基地重任，如今听说又要再建基地。不禁想问为什么偏偏是

冲绳呢，难道是所谓宿命吗？所以，在这片土地上出生、成长并经历了战争的我们，到最后的最后也一定要大声地去讲述战争的恐怖和生命的宝贵。但是尽管我们已经尽力了，随着对战争历史不了解的人日益增多，我们的讲述变得越来越难。大概是从四五年前开始吧，我产生了这样的想法。在五六十年代，我认为肯定不会再有战争了，可是后来发现怎么又开始了战争的准备呢？这种不安提醒我现在是非常重要的时期，我希望大家对冲绳的痛楚、对现在的冲绳，能够有再多一点的理解。

《聚焦现代》第一次在节目里谈论冲绳的基地问题是在节目开播两年半后的 1995 年 9 月 28 日，那一期的题目是"全岛愤怒——冲绳·美军暴行事件与地位协定"。节目报道了美国士兵杀害冲绳女性的事件始末，以及冲绳人民对此爆发的愤怒。这种报道姿态也对《聚焦现代》之后的节目产生了很大的影响，让我们在谈论冲绳问题时，坚持用一直被迫承受重负的冲绳人民的视角去看待问题。

对现场直播的执着

"什么，节目是现场直播吗？"

到 NHK 来参加我们节目的嘉宾，经常有人在听到这个要求后大惊失色、紧张不已。《聚焦现代》在节目里与嘉宾的互动大约是七至八分钟。我们会在事前安排嘉宾看 VTR 报道，请对方指出其中的问题和解决方法，以及在 VTR 报道里有所遗漏的视点，然后在见面时就我们疏忽的地方或者必须保留的要点与对方进行详尽讨论；最后在节目开始前的一个小时之内，开始做要点筛选的工作。

我们的节目是现场直播，没有从头再来一遍的机会，所以对嘉宾的要求也比较高，对此我一直深感歉意。实际上在节目里也出现过嘉宾正讲到重要的地方，却因为时间到了不得不草草收场的情况。坦白说，除了一些突发性事件、灾害或事故以外，其他报道并非一定要用现场直播；但是坚持使用现场直播的形式，也是我个人所希望的。一般来讲，大家都会尽量避免恐怖的现场直播，可是我认为，观众在那一天的那个时间里、以一种什么样的状态在看电视，我们对这些情况的把握是很重要的。即使那一天节目的主题与自己没有直接的关系，在那一天发生了什么事件或事故，晚上观众又是在怎样的环境、怎样的心情下坐到电视机前，这些因素都会对我们写台词产生或多或少的影响。

此外，与嘉宾的对谈往往也是在现场直播的紧张气氛中能够取得比较满意的效果。这是我一贯的观点，也是我在成为《聚焦现代》的主播之前，常年主持卫星频道的直播节目积累下来的经验。因为现场直播只有一次机会，不仅是嘉宾和我，包括摄像、音响、照明、导演和其他所有参与节目制作的人都会产生一种一决胜负的紧张感。经过仔细琢磨的话语在现场直播的紧张氛围的触动下，仿佛演绎了一场精彩的释放，这样的夜晚让人欢欣愉悦。

对于导演来说，节目嘉宾的选择和取材同样重要。但实际上很多时候，要到临近节目播出，嘉宾的人选才能定下来。是选择这个方面的专家呢，还是选择虽然不是相关专业，但是对相关问题能够给出有建设性意见的人士呢？嘉宾的选择会给节目带来完全不一样的效果。从导演给出的候补人选中最终选择谁，责任编辑的意见起到至关重要的作用。

对于一些有争议的问题，是否能够将双方的主张都表述清楚是决定人选的关键；业界和学术界举足轻重的人物也是常被邀请的对象。与嘉宾现场访谈时，因为无法预测对方的每一句回答，我总是满怀忐忑。当然如何通过对嘉宾的提问来进一步深挖主题，这也是对作为主播的我的考验。

与嘉宾的见面一般是安排在节目开始前两小时的黄昏时刻。为了顺利完成这一期节目，这个时间无论对嘉宾还是对我来说都是非常重要的。通过事前见面，彼此建立信任关系，虽然这种自信可能看似毫无根据，但也要让双方满怀信心，认为"今天也一定没问题的"，然后通过长长的走廊从会议室走进演播室。每一天，我都有机会见到活跃在各个领域第一线的相关人士，向他们询问疑点和重点。这样的积累，也让自己在不知不觉中形成了更加多元化的评价标准。

事前见面是为了确认在每次三至四分钟的演播室访谈时间里，我问什么问题，对方如何回答。专家们通常习惯于一个小时至一个半小时的演讲，在现场直播时却需要长话短说，对不少人而言这是一项难度很高的工作。

"我回去了"

　　与嘉宾的事前见面中，给我留下深刻印象的是有一次嘉宾看完 VTR 报道后，只说了一句"我回去了"，还说过"所以这是什么，究竟想说什么？"这位嘉宾正是编剧仓本聪先生。两次担任嘉宾，两次都在看完 VTR 报道之后给出了非常严厉的批评。我们的会面就是在一种极度紧张的氛围中开始的。

　　这一期节目是在圣诞节前夕、1995 年 12 月 22 日播出的，名为"请赐予我梦想吧，圣诞老人"。节目在北海道广尾町的"广尾圣诞老人乐园"进行直播，于是我们邀请仓本先生从富良野来到了广尾。在 VTR 里，我们采访了全国各地给圣诞老人写许愿信的人们。然而，看完 VTR后仓本先生的一句"完全不对，我回去了"，让所有工作人员目瞪口呆。

　　"圣诞节不是要别人为你做点什么，而是你要去为别人做点什么的日子。VTR 报道里描写的全部都是我要这个、我要那个。这完全不对。"仓本先生跟我讲了圣诞节的真正含义，也让我领悟到了一些重要的事情。

现场直播时，仓本先生没有对 VTR 报道做任何评论。

此外还有评论家立花隆先生，曾经在节目现场的嘉宾访谈中明确指出："刚才 VTR 报道里的那种看法，我是完全反对的。"

有时我们的报道里没有提及嘉宾所认为的最重要的观点，嘉宾可能会一脸惊诧地质问我们原因，甚至有时会对导演发火："之前见面我就告诉过你这个地方非常重要啊！"这里面存在很多种情况，可能是因为导演和记者虽然理解了嘉宾的想法，但是希望嘉宾能够在现场谈到这个问题，所以故意没有放进 VTR 里面；也有可能是虽然理解了问题的重要性，但是因为没有拍到理想的画面而不得不放弃这部分内容；还有可能是在编辑的过程中因为时间的关系需要删掉，等等。因此，嘉宾如何看待我们制作的VTR 报道，是否认为表述方式和内容存在不妥当的地方，事先掌握到这些相关信息对我们来说至关重要。

再现对话氛围

与嘉宾见面时，我一直希望能够进行一场头脑风暴式的对话。这个观点怎么样呢，那个观点如何呢，那这一点又应该怎么看呢，通过我的这些提问，然后从嘉宾的表情、语气强弱、发言时间长短来推测嘉宾究竟对哪些方面非常重视，又对哪些方面不太看重。

一些嘉宾在不经意间流露出来的信息，是不是隐藏着什么深刻的含义，值得去挖掘？我唯有侧耳倾听。嘉宾在谈到什么地方的时候热情高涨，又在哪一个瞬间神采奕奕？我努力凝视着眼前的嘉宾，不愿错过任何一个表情。

除了语言以外，我们同时还能捕捉到人们在发言那一刻的表情，这无疑是电视的魅力所在。在节目中有限的七八分钟里，什么样的话题能让嘉宾展露出最真实的表情，又或者通过怎样的提问，能让嘉宾毫无保留地回答——与嘉宾的事前见面也正是我酝酿这些问题的过程。在这个过程里，有时候甚至能发现一些新的视角。尽管距离节目正式播出仅剩下不到一个小时的时间，有时我也会怀着赌一把的想法，尝试在节目里向嘉宾提出这个新的观点。这也意味着节目的制作，一直到最后的最后，都有可能产生新的发现。在制作节目的过程中，不断孕育创新，如此令人雀跃之事确不多有。

在遇到一些有关中小企业以及金融问题的相关主题时，节目经常邀请立教大学的山口义行教授担任嘉宾，关于事前见面会时的场景，他这么描述：

"事前见面时与主播的对话，并不仅仅为了协调节目的流程，比如'最后还多一点时间请你再说一句吧'那样的，而是主播对我的想法本身很感兴趣，在那个场合有时会临时更改原本计划的节目里的发言，并且当我根据事先预定好的思路去进行说明时，主播会提出类似'为什么会这样呢？''是不是也可能存在这样的问题？'等疑问。"

如果是一直和我一起参加嘉宾事前见面会的责任编辑或者多次合作的导演，他们对于我的这种方式已经习以为常了吧。但是如果遇到第一次负责这个节目的导演和记者，看到时间一分一秒地过去，我却完全没有对演播室部分的具体问答进行协调整理，我能明显感受到他们的焦急，甚至有人会忍不住强行打断我。

《聚焦现代》在开播之初，与嘉宾的事前见面会确实是要求预先准备好问题，和嘉宾确认节目的流程。但是事前见面会的时间越来越长，因为我在向嘉宾提问的过程中又不断产生新的疑问，于是一路问下去，有时就没有充裕的时间去总结对话内容了。所以后来我渐渐不再事先写好具体的问题带进演播室，而是仅在与嘉宾事前见面时做的记录上留下记号，标记出希望嘉宾在节目里谈及的内容。与事先制订好绵密的计划相比，我认为只在头脑中对节目流程有一个大致的印象，反而更有利于直播现场的随机应变。事前见面会上的那种对话氛围，我希望在演播室里也能同样地展现给观众。

谈谈看不见的部分

在节目中的嘉宾访谈部分，我觉得最难的不是基于客观数据等事实的分析说明，而是如何能够问出嘉宾个人的见解，尤其是关于家长和子女之间比较敏感的关系、自杀、学校和教育等方面的问题，嘉宾是如何看的。我更希望得到从一位父亲、母亲，或者一名普通市民的角度出发的回答。

作家、电影导演和艺术家等拥有高度表现力的人群，在看到录像以后会组织什么样的语言呢？这主要取决于其个人的感性能力，而我追求的是一种能使观众产生共鸣的常用语所带来的"语言的迸发"。所以可能对嘉宾来说，我的要求确实让他们感到任务沉重。对于一些让人心情压抑的事件，我们在纠结过后回想起来仍然觉得不是滋味，却无从用言语表达，而世间的评论又是毁誉参半，没有一个准确的说法，此时就会想："如果是那个人，他会怎么组织语言呢?"有时我们的节目真的会邀请"那个人"来担任节目的嘉宾。

2011 年 6 月 23 日播出的节目名为"孩子们口中的大地震",我们请来了作家重松清先生,主要围绕日本东北部大地震受灾地区的孩子们写的作文进行了访谈。节目先播放了一段我们制作的 VTR 报道,里面介绍了孩子们和他们各自的作文,然而在演播室现场,重松先生首先谈到的是还有许许多多没有办法写作文的孩子们。

"这些孩子们经历了残酷,看到了辛酸,而写作文意味着要再一次面对这些悲惨的经历,我很担心孩子们的心灵将再度受到伤害。"他继续说道,"这里的作文让我非常感动,但是现在你即使不想写、不想去面对也没有关系。所以我想对写作文的孩子们说,你们已经很努力了,非常感谢你们。"

我们要把录像里看不到的部分在演播室里告诉观众,要对录像里没有的内容保持丰富的想象力,重松先生的发言恰好体现了《聚焦现代》的这些理念。

还有最后一个问题

对主播来说，"严格遵守时间""在规定时间内完成节目"是理所当然的工作。尽管我非常清楚自己的这份责任，偶尔还是难免会超时，或者在与嘉宾畅谈正酣时因为时间到了不得不终止节目。其实我面前有一块显示剩余时间的电子表，现场导演也会举着时间提示牌告诉我还剩三十秒、十五秒、十秒。所以我是一边看着时间一边进行访谈的，我也十分明白当节目开始倒数三十秒的时候，副控室里的责任编辑、总制片人和导演都已经做好了节目结束的准备，然而就在此时，我还是会再问出一个问题。

《聚焦现代》一般都会报道一些比较重大的主题，但是在演播室里与嘉宾的访谈时间却非常有限。所以我曾经提出能否把 VTR 报道的时间再缩短一点，但问题是即使报道的时间缩短了，访谈的时间仍然不够。越到节目临近结束的时候，我越是希望嘉宾能够谈及更深刻的层面，能够说出他的个人想法，于是只好不断地给嘉宾施加压力，只为多得到哪怕是一句关键的话。当这种心情难以抑制时，我便会脱口而出"One more question"，让我再问最后一个问题吧。

我还认为，对于常年研究相关问题的嘉宾来说，短短八分钟的访谈完全不足以说明自己全部的观点。所以剩余的三十秒虽然短暂，但是在这三十秒里能够说出的东西其实并不少。而我，总是愿意在此赌一把运气的。

节目片尾的字幕显示出来之后，演播室的门很快被打开，于是我开始不动声色地观察陆续走进来的每一位节目制作人员的表情。有没有把当天的主题向观众充分展示，有没有收获嘉宾精彩的发言，有没有把制作人员的信念和他们的执着传递给观众，我急切地渴望得到答案。

满脸胡茬的年轻导演终于露出了放心的表情，节目制作人一边说着"今天节目很有意思啊"一边微笑着向我走来。看到同事们这样的反应，我心里的一块石头才算落地了。但是责任编辑似乎有那么一点不满意，看到他往我这里过来了，我正感叹"啊啊，又要被说什么了吧"，不想对方大声说道："哎呀，副控室一片混乱，和嘉宾的访谈一个字都没听到。国谷主播，一切都顺利吗？"

从 NHK 放送中心出来回到家，吃过晚饭终于可以休息一会儿，这个时候我总会把当天的节目在头脑中再缓慢地回想一遍。至此，主播一天的工作方才画上句号。

第七章

采访的工作

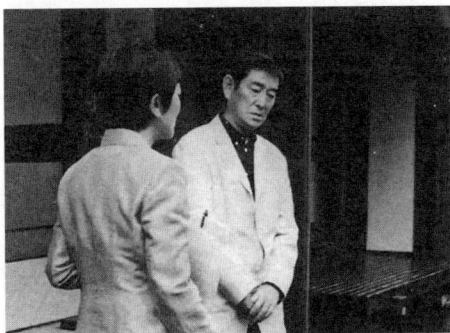

采访高仓健先生

对采访的兴趣

　　我对采访产生兴趣是在年轻的时候，因为给几位到日本取材的外国记者担任翻译并协助调查，所以当他们采访时我也有机会接触这项工作。

　　我还做过采访录音的文字输入、采访过程的文字记录等工作，在认真听录音的同时会忍不住去想象，原来这样问对方会那样回答，那接下来该怎么问呢，在这个过程中也自然而然地开始对采访有了兴趣。除此之外，美国广播公司的新闻节目《夜线》的主播泰德·科贝尔每天在他的节目里进行的采访，以及意大利女记者奥里亚娜·法拉奇将她自己的采访经历记录下来出版的《风云人物采访记》对我的影响也很大。

　　结束了在卫星频道四年的工作，成为《聚焦现代》的主播以后，我迎来了第一次采访。那是《聚焦现代》开播不久的第十四期节目，采访是通过录像的形式，中途因为更换录像带稍作休息时，导演走到我身边，用一种不满的语气说："完全不对。"但是还没等我问清楚究竟哪里不对，采访又开始了，就这样一直到拍摄结束。

像《聚焦现代》这样时间很短的节目，如果想要细致描述话题人物的苦恼和真实想法，每次最多只能选取一个主题。而在卫星频道工作时，因为那里的节目时间相对较长，我一直苦恼的是如何才能把那么多主题巧妙地穿插到采访中去，所以在一开始，我并没有意识到《聚焦现代》的这个特点。如今想来，当时导演说的"完全不对"应该是指我毫无重点的提问方式吧。

所以后来，每当《聚焦现代》安排以采访为中心的节目时，我总会抓着一个问题追根究底地问下去。"真固执啊"，尽管时常能感受到对方眼神中透露出这样的讯息，但是为了获取嘉宾最真实的想法，我越发坚信这种固执的必要性。

采访，是考验自己的能力如何、准备工作充分与否，并将结果公之于众。而我作为归国子女，一直对自己的日语不太自信，要想在采访时做到与对方平等交流，首先涉及在工作中能否熟练使用日语这个问题。如果解决了这个问题，就可以满怀信心地去面对这份工作。所以从这个意义上讲，对采访工作的挑战，也是关乎我自身存在价值的一次重要考验。

"听见"与"聆听"

　　经济学家内田义彦先生曾经写过一篇名为"听见与聆听"的随笔（收录于藤原书店出版的《活着，学着》）。用英文说就是"hear"与"listen"。内田先生在这篇随笔里写道："重要的是为了'听见'而去'聆听'。"即为了"hear"去"listen"。他还写道："一心聆听，直至听见。"也就是一边"listen"一边等待"hear"的意思。换句话说，内田先生想要强调的是，认真仔细地去听对方的每一句话，也就是"listen"的能力固然重要，能够领会对方想要表达的全部意思，即"hear"的能力也万万不可忽视。

　　"如果在聆听的时候不能做到聚精会神，或者没有事先准备好要点提示，人们很难真正'听见'别人说的话。话虽如此，如果仅仅是盲目地执着于聆听的形式，也会造成听了却没有'听见'，不，准确地说是越听反而距离'听见'越发遥远的结果，即便理解了说话人特别提示的要点，但也仅限于此，仍然无法实现对事物整体的把握。"

"一心聆听，直至听见。"

重要的是为了"听见"而去"聆听"。可见，采访中所必需的"倾听力"对于观察力和想象力都有着很高的要求。

内田先生在这篇随笔中提出的观点，我个人非常认同，因为我曾经有过一次失败的经验。那还是我在卫星频道担任主播的时候，有机会采访到日本访问的德国前总理施密特先生。在采访正式开始之前，我向对方说明今天的采访内容将主要围绕欧洲整合的问题，不想施密特先生对我说："你说的话我一句也听不懂。"于是我又解释了一遍，得到的仍然是同样的回答。房间里的气氛顿时凝固了。为了缓解这份尴尬，我只得转换话题，问道："我们准备了咖啡、红茶、橙汁，还有水，您需要喝点什么吗?"回答是"COKE"。这回轮到我听不懂了，呆愣在那里。过了一会儿，施密特先生放慢语速又说了一遍："Coca-Cola。"这位年逾古稀的德国老牌政治家说要喝"可乐"，虽然我也有疏忽之处，但是这个回答完全超出了我的想象，所以没能迅速反应过来。

接着施密特先生又缓缓地说道："我的右耳不太好。"而我正坐在他的右侧，他根本听不清我说的话，于是数次对我说"你说的话我听不懂"。而我一心只想着向对方说明情况，丝毫没有捕捉到他可能通过肢体语言表达出的耳朵听不见的信息。这正是只顾"聆听"却未能"听见"，少了那份"倾听力"。采访并不是只要提问，然后听对方的回答这么简单，观察力和想象力也缺一不可，这是我通过切身体会得到的经验。

或许就是在经历过这件事以后，我改变了自己的采访方式，从以往只重视提问的问题变为在"聆听"的同时注意"听见"的效果。有人将我的提问方式称为"切入型"，的确，因为现场直播的时间有限，很多时候我只得采取接连发问的方式。但是为了不错过发问的好时机，我同时还需要认真地倾听对方的回答。并且我逐渐领悟到，在这个时候，除了要仔细听取话语中的每一个细节，去"听见"、去感受对方整体透露出来的讯息也至关重要。"为了'听见'而去'聆听'"，内田先生的这句话我珍视至今。

何谓失败的采访

　　关于与公司员工交流互动的问题，我曾经采访过刚上任不久的日产汽车公司总裁戈恩先生。戈恩先生当时的回答非常令人印象深刻。

　　"如果你用暧昧的语言去提问，得到的只能是暧昧的回答。而如果你用正确的问题去提问，就会得到正确的回答。所以当你用具有明确定义的语言去交流时，对方也将对自己的语言产生一种责任感。"

　　为了得到对方正确的回答，作为采访人就必须用正确的问题去提问。但是使用具有明确定义的语言、选择准确的语言进行采访，实际上需要花费大量的精力去做准备工作。然而问题是，当你认真地做了准备，并根据你准备的内容去完成采访时，却往往一败涂地。尽全力去准备、去思考提问的问题，并且在大脑中经过无数次的预演，例如我如果这么问的话对方应该这样回答，然后我再接着那么问，等等，如此这般将问答的内容都事先预想好，在真正采访时这种方式是绝对行不通的。如果你把上面这一套方法拿到采访中付诸实践，就会完全无法听到对方的回答。因为你的注意力都会放在自己编的剧本上，脑子里想的全是"下面该问什么问题呢"，已经没有余力去"听见"对方说的话和对方整体透露出来的讯息了。

　　所以之前的准备工作固然重要，但到了实际采访时，你必须把准备的这些东西暂时全部抛开。认真地、深刻地倾听对方的回答，推测对方想要说什么，捕捉对方话语中美妙的、丰富的语言以及隐藏的重要信息，这些才是最重要的，而精彩的对话也将由此产生。只有当你将下一个问题暂时遗忘，心无旁骛地去倾听对方话语，才有可能成就一段优质的采访。能否做到这一点是主播工作的关键，但即便是从事采访工作近三十年的我，至今仍屡有失手。谈何容易。

十七秒的沉默

　　2001 年 5 月 17 日播出的节目名为"高仓健：真实心声"。高仓健先生已迈入古稀之年，电影产量也控制在几年一部，如今的他是以一种怎样的心情来看待电影演员这份职业的呢，节目对于这次采访的主题设置相对宽泛。因为高仓先生向来很少接受采访，这一次竟然同意接受我们的电视采访，为此节目组的制作人员们都兴奋不已。可是于我而言，兴奋过后随之而来的是一股巨大的压力。

　　主播作为提问方，事先是否为采访做了充分的准备工作，我想被采访对象在见面后的几分钟内就能察觉出来。如果被对方发现你没有认真准备，那么估计对方也不会太深入地回答你的问题。另一方面，因为缺少必要的准备步骤，你自己也会心慌不安，还未与对方展开平等自由的对话，采访就匆匆结束了。

　　所以为了准备这次采访，我也是着实下了一番工夫。

高仓先生一共出演了二百零三部电影。在他凭借任侠电影红遍日本的时候，我因为在国外生活，没能同时期看到这些电影。为了这次采访，我开始埋头看电影，并且找来与高仓先生相关的杂志、报纸、他本人出版的散文集和采访记录等大量资料。

然而在采访正式开始后，任凭我怎么提问，高仓先生只是用非常简短的，甚至可以说是非常生硬的语言回答我。对话完全进行不下去。我一边坚持提问，心里却是焦急不已。

于是我试着这样给自己打气："今天是几乎不接受采访的高仓先生给我们的宝贵机会，我们要做好心理准备，要有耐心去等。"所以当他停下话头的时候我也不去催促，只是静静地等待。最初高仓先生也跟着我一起沉默，而此刻的沉默显得分外漫长。即便如此，我仍然坚持不去发问，终于高仓先生打破了这份沉默，开始交谈。

> 高仓："不知从什么时候开始，可以做到给自己放假去世界上任何自己想去的地方，住高级宾馆，到高级餐厅吃饭，也不用去看菜单上的价格。坐飞机是头等舱，住宾馆是高级套房，这些好像都变成了理所当然的事情……
>
> （沉默）

"但是这份工作带给我的收获并不是在于上面这些事情，而是在观众深受感动的瞬间，我会对自己说，啊，太好了。"

国谷："您刚刚结束了《萤火虫》的拍摄，接下来想参演一些什么样的作品呢?"

高仓："还没有什么具体的想法。即使再不愿意，首映的日子也还是会如期到来，那是我最痛苦的时候。就想走到一个地方吹吹风。"

国谷："吹吹风?"

高仓："是的，吹吹风。如果是非常猛烈的风，可能会让你失去温柔的心。所以想要恰到好处的风，只有你主动地把自己的身体和心带到那个有好风的地方。你一直在原地等是等不来风的，这一点是我到这个年纪才明白过来的。"

在对高仓先生的这一段采访里，事后计算发现沉默的时间一共是十七秒。或许你会觉得不过十七秒而已，但是对于一个采访人来说，十七秒已经是相当漫长的时间了。采访中的沉默，在采访人看来是近乎恐怖的东西。所幸这一次采访是安排在一家料理店的室外走廊上，对面是庭院，能听到鸟鸣、池子里的流水声，甚至还有庭院外面道路上开过的救护车的声音。如果是在完全静音的演播室录制节目，这十七秒的沉默恐怕是我无法承受的吧。

然而对于高仓先生来说，这沉默的十七秒钟是他需要用来组织语言必不可少的时间吧。通过这次采访，我认识到"等待"同样是一件非常重要的事情。如果因为担心出现空白就一个紧接一个地抛出问题，反而容易错失提问的良机。

"等待"也是为了"听见"。在采访高仓先生的时候，我能够按捺住内心的焦急让自己等下去，或许是得益于内田义彦先生的那一句"一心聆听，直至听见"吧。

高仓先生在收看节目之后给我们发来消息，对我们在节目里原封不动地保留了那沉默的十七秒钟表示感谢。这是后话。

而我，对于处理采访中的对话也变得更加游刃有余了。

把准备好的资料扔掉

2009 年，朗·霍华德导演的作品《对话尼克松》上映。电视台主持人福斯特计划采访因水门事件被迫下台的美国前总统尼克松，尼克松想借此机会挽回名誉，而电视台却希望能让尼克松在采访中就水门事件向民众道歉。一开始应该问什么问题，如何才能避免掉入对方的套路，福斯特和制片人们进行了充分的准备，包括对对方的回答以及自己接下来的问题都事先作了预想。

然而，采访从来都不是跟着预定计划走的。即使你自认勇敢地抛出一个敏感问题，对方却不正面回答，在漫长的解释说明中时间就一分一秒过去了。看到守在一旁的制片人流露出来的失望与焦急，福斯特的额头上慢慢沁出了汗珠。福斯特，你打算怎么办？

电影中的福斯特最后把事先准备的问题资料都扔到了一边。看到这里，我不禁在心里大声称快："太棒了！"只有把在准备阶段预想的问题都抛开，才能迎来让对方开怀畅谈、露出真实表情的"那个时刻"。抓住这个机会也就意味着确定了采访的核心。我自己在采访时也尽量尝试把事先准备的文件放在一边，希望能见证更多的"那个时刻"。

但是实际上，在采访现场，很多被采访对象也是有备而来。

我还记得采访作家大江健三郎先生时发生的事情。当时节目安排在一家餐厅的某个房间里进行拍摄，就在一切准备就绪、即将开拍的时候，大江先生突然从他的包里拿出了许多卡片。或许是他连夜准备的吧，这厚厚一叠卡片上密密麻麻写满了小字。

尽管自知失礼，此时我还是提出："对不起，您能把这些卡片放回包里吗？"大江先生是一个非常认真的人，对事先想到的问题都仔细详尽地准备了答案。但是为了能成就一段好的采访，采访人必须将准备的东西暂时抛开，同时希望被采访对象也能达到同样的状态。只有双方都站在同一平台上，才有可能引导对方将真实想法表达出来。

于是大江先生把那些卡片又放回了他的包里，采访正式开始。采访人与被采访对象能否在采访开始前进入同一状态，这对采访工作来说是一个关键问题。

提问的义务

在采访中有一种情况比较棘手，那就是你想问的问题与对方想谈的问题相去甚远。准确地说，双方目标一致这等幸运的事情其实非常少有。

在2000年6月15日播出的节目"世界第一女企业家"里，我采访了当时仅次于IBM位居世界第二的美国IT业龙头惠普公司的首席执行官卡莉·菲奥莉娜。即使是在美国，女性担任如此一家大公司的首席执行官也实属罕见，所以这次采访的话题主要围绕女性执掌大公司的相关问题。

菲奥莉娜非常迅速且准确地回答了我的提问，从节目效果来看，这可以说是一次成功的采访，但其实在后台着实经历了一番波折。因为在采访即将开始时，菲奥莉娜女士表示她不接受任何把她作为女性和出任首席执行官这两件事相关联的问题。虽然女性进入社会工作在美国已经相当普遍了，但是女性出任惠普公司首席执行官这件事还是成为了头条新闻，所以估计这个问题已经被问过多次，让她相当恼火了吧。

希望不要提及女性的问题，而是更多地从首席执行官的工作内容和企业本身的角度去提问，我非常理解菲奥莉娜女士的这种心情。但是我们的节目要面对的观众是在日本——女性社会工作率迟迟没有提高的日本。所以这个重要的问题点我们是不可能放过去的，并且从我个人的兴趣来说也有很多相关的问题想问。权衡之后，我还是决定不接受菲奥莉娜的要求，在采访中问到了很多女性都面临的"看不见的玻璃天花板"问题以及只有女性才能体会的辛劳。

节目结束后，菲奥莉娜女士对我说了一句："Too many questions on woman!（你问了太多关于女性的问题了!）"我感受到了话语中她强压着的怒火，随行的宣传人员那难看的表情我至今都记得很清楚。我对菲奥莉娜女士深感抱歉，但是对日本观众来说有必要去了解的事情、应该去问的事情，我都有去提问的义务。这着实是一种精神上的煎熬。

在这次采访结束四年半后，菲奥莉娜女士突然被惠普公司董事局解除了相关职务，尝尽失败的苦痛。不久她出版了一部自传，名为《勇敢抉择》。在这本书里，她非常直白地描写了自己是如何忍受着性骚扰等职场问题一步一步爬上顶峰的。并且在书的中间部分，她还提到自己在出任惠普首席执行官的时候曾经制定了一条规矩："不再提及'玻璃天花板'的相关话题。"读到这里，我不禁再一次为当年的采访陷入了深深的自责。

一问到底

作为主播有一点非常重要，那就是把最开始的疑问一直保持到最后。如何引起观众的兴趣，又该如何去说服观众，所谓从观众的角度出发也就是这个意思。让自己代替观众，对于重要的事情要去反复地问，就算通过改变问题的形式也要坚持问到底。

经常有嘉宾一脸错愕地看着我说"还要继续问吗"，甚至会有人明显地表现出厌恶的神情。在日本进行采访时，即使对象是有说明义务的政治家或企业经营者等人群，不追根究底乃美德、不追问对方不愿谈及的内容为礼貌的这种风气还是很浓厚。但是采访这件事情本身就不应该去附和时代和社会的潮流，哪怕你的问题会给很多人已经形成的情感共识带来裂痕，然而为了真相，你也应该提出你的疑问。对于一些想要"今天就说到这儿吧"的人，想得到他再进一步、再深入一点的分析，就要依靠采访人的热情和执着了。

　　所以不能用撒网般的提问方式，必须把目标缩小到一个点上，然后对于这一点从各个方面问个透彻。采访界名人、作家泽木耕太郎先生曾经写道："采访中最重要的，是想要去理解对方的那股热情。"所言极是。

　　说到"一问到底"，我想起了 2004 年 12 月 13 日播出的"从过去到未来——采访德国总理施罗德"，节目里我采访了到日本访问的德国总理格哈德·施罗德。这次采访的中心是，这位与法国站到一起强烈反对美国发动伊拉克战争的德国时任总理，究竟如何看待与美国的关系，我们希望能直接从总理口中听到他真实的想法。因为与德国相反，日本政府站到了支持伊拉克战争的一方，所以这个问题是这次采访的核心所在。

　　但是施罗德总理似乎是因为顾虑到今后的德美关系，言辞谨慎，不想予人口实的态度溢于言表。他回答的第一句话就是"那已经是过去的事情了"。我丝毫没有放弃的打算，继续问了下去。总理虽然略显惊讶，但还是认真地回答了我的每一个问题。

　　国谷："德国身为美国的同盟国，却明确表示反对这场战争。时至今日，您仍然认为即使这么做有可能会给两国关系造成负面影响，但还是有必要去表明自己的立场吗?"

德国总理:"是的。即使是朋友,也有可能在一些问题上观点不同;那已经是过去的事情了,应该是历史学家们去讨论的问题。都已经过去了。"

国谷:"德国一直提倡国际合作,但是美国作为唯一的超级大国习惯采取单独行动。那么今后两国之间是不是会出现更多的对立局面?"

德国总理:"不,不是这样的。可能会出现一些政治性的差异,但是这正源自于两国之间的亲密关系。例如中东问题就是我们共同的课题。欧洲与美国将紧密合作。"

国谷:"虽然说关系紧密,但是欧盟正在大力加强军事实力,这是不是意味着欧洲与美国建立在北大西洋公约组织基础上的关系将发生质的变化,或者说这种关系的紧密性将逐渐减弱?"

德国总理:"不,我不这么认为。应该说恰恰相反。欧盟拥有共同的政治外交和安全保障政策是毋庸置疑的,这其中当然也包括军事方面的要素。欧洲作为一个整体与美国建立更加牢固的关系,这将进一步促进北大西洋公约组织体系的强化,而并非与美国的对立。"

国谷:"但是现在的世界危机四伏,一旦出现意见不合，为了拥有能与美国相抗衡的发言权，您是否认为欧洲应该具备一定的实战能力呢？"

德国总理："是的，当然是这样。欧盟实力越强就越能自立。即使是为了今后与美国的平等地位，欧洲也应该团结起来。"

施罗德总理真不愧为老练的政治家。他的一句"为了今后与美国的平等地位，欧洲也应该团结起来"让我不得不举白旗投降。

"高标准的采访"虽然有时会因为你的追根究底而得到赞许，但另一方面诸如固执、啰嗦、失礼的批评也不少。尽管如此，我仍然认为对于经过仔细筛选的主题，为了得到满意的答案，去高标准地、固执地提问是非常必要的。只是你需要为此做相应的准备，付出大量精力。

即便如此，仍然要问

一般来说，采访一些身处要职的人通常难度比较高。尤其当对方是从组织外部刚刚空降到这个位置上不久的人时，采访更是难上加难，因为对方会对采访人比较客气，或者说敬而远之。即便如此，对于这些身处要职的人，应该问的问题还是必须去问。

我想起了在 2003 年 6 月 30 日播出的"理索纳：如何用这两兆日元"节目里对理索纳银行会长细谷英二先生的采访。当时，刚刚合并不久的理索纳银行因为超过两兆日元的不良债权，陷入了严重的经营危机。于是日本政府投入了两兆日元的官方资金帮银行渡过难关，并且把这个困难的局面交给了时任东日本旅客铁道株式会社副社长的细谷英二先生。细谷先生在国有铁路民营化改革方面发挥了出色的才能，也因此被提拔到这个位置，但是在此之前他不曾有过管理银行的经验。股东大会通过任用决定仅仅三天以后，这位细谷先生就以现场连线的方式，就具体的危机解救方案接受了我们的采访。

节目先在 VTR 报道中描述了银行经营恶化的现状以及在今后的重建过程中将要面临的重重困难。而我则更直接地从这两兆日元的压力开始说起，通过一些具体的问题了解了新上任的细谷会长计划如何重建理索纳银行。细谷先生非常诚实地回答了我的每一个提问，但是关于具体的措施，他表示要等到自己掌握了公司的经营现状之后才能知晓。

在采访的最后，我不甘心地再次问道："政府投入的两兆日元您有信心能还回去吗？"然而细谷先生的回答仍然是："看过公司的经营现状后再作打算吧。"在没有把握的时候便不会说自己充满自信，这也是他诚实人格的一种体现吧。

采访结束后，我对演播室里参与本期节目的经济部记者说，能看出来细谷会长关于具体措施的发言非常谨慎啊。上任刚满三天，没有银行的管理经验，并且是在背负着政府巨额贷款的压力下承担起重建银行的重任，对于这样的细谷先生，或许观众会认为我的提问方式太过严苛无情。但是对于肩负着社会责任的人群，即使存在某些客观原因，我仍然认为应该坚持有问必问的态度；尽管这次的采访结果还是残留了一丝苦涩。

后来我听说细谷先生好像对身边的人抱怨过"早知道不上那个节目了"。在日本，许多身处要职的人在面临困境时都不愿意接受采访，但是细谷先生在那个特殊的时期里选择了接受我们的采访，对此我一直铭记在心。

额头上的汗珠

尽管距离那次采访已经过去数年，现在依然会有人对我说："到今天我还时常想起当时国谷主播额头上沁出汗珠的样子呢。"是的，他们说的是 2008 年 4 月 9 日播出的"四百亿日元税金的投入——新银行东京[①]·采访石原知事"。在节目里，我对东京都知事石原慎太郎先生进行了十二分钟的采访，讨论新银行东京的重建问题。

新银行东京高喊着要改变日本金融的口号华丽登场，却在短期内累计赤字超过一千亿日元，于是东京都决定追加四百亿日元的融资，用来解决银行的危机。但是民意调查的结果显示大部分人并不看好这次的重建方案，而新银行东京的发起人石原都知事长久以来高居不下的支持率也因此大幅下降。

是什么导致了这样的结果呢？这个责任该由谁来承担？银行重建成功的可能性有多大？显然对于都知事来说

这些都是相当严峻的问题。在节目开始前，我向还在东京都厅工作的石原都知事打招呼："稍后的节目麻烦您了。"不想我得到的回答居然是："还请你手下留情啊。"我心里不禁感叹，石原先生果然名不虚传。一般在向事件的当事人或负责人提问时，对于对方的责任和事实真相必须去追根究底。但是这样的方式在日本往往被说成是"攻击性太强"、"言语失礼"。对这种情况早有预见的石原先生特意用了"手下留情"这个词，是想以此对我有所牵制吧。演播室里还有一名嘉宾，是立教大学的山口义行教授。我对山口教授说，如果都知事因为采访的内容大发雷霆、中途离开，那节目后半段就变成我和教授您的对谈吧。

我的第一个问题是，是否是由于重建方案的制定过程不透明才导致了民众的不认可。对此，石原都知事先以"首先我希望大家能理解的是……"这句话开头，然后对新银行东京①的相关举措进行了说明。这一段话大约三分半钟。于是，面对之后一直在反复强调都政府抉择之艰难的都知事，我不惜多次中途打断，对银行之前的经营状况、重建计划缺乏第三者监督，以及对于之前的经营者没有认真追究责任等问题提出了质疑。虽然当时我自己并没有发

---

① ShinGinko Tokyo，在时任东京都知事石原慎太郎的推动下于2005年成立的一所公立银行。

觉，但是从节目的画面上可以清楚地看到我脸上沁出的汗珠。

国谷："虽说是东京都的决定，但其实也就是都政府内部根据某些情况制定的。说到底还是因为缺乏第三者的监督才导致认可度低的吧。那将来……"

石原："议会难道不是第三者吗？议会就是第三者的代表啊。"

国谷："虽然最后是要经过议会表决，但我说的问题是，一些客观事实没有经过第三者验证，所以还留有不透明的地方。"

石原："那你所说的第三者是指什么机构呢？"

国谷："比如金融厅，还有其他……"

石原："那些机构接下来可能会介入。我其实是非常欢迎的，并没有想要拒绝。"

当被石原都知事反问第三者机构具体指什么的时候，我一时语塞。看来采访的准备工作还是远远没有做到位，在这个地方就露出了马脚。

采访的最后，我问，东京都是不是也可以选择从新银行东京撤出。石原都知事回答，如果撤出，将给东京都民众造成更大的负担，东京都会尽最大努力把这四百亿日元的追加融资双倍奉还给民众。现在回想起来，那紧张的十二分钟采访仍然让我心有余悸。

采访者不能只是一味听对方的说法，而要在必要时予以质疑和反问，不论对方是谁都应执着于自己该问的问题。

然而这次的采访经历告诉我，要坚持做到上述这些，需要消耗的能量是多么大。

在演播室里旁观了整个过程的另一位嘉宾山口教授后来这样形容这次采访："石原知事在被问完一个问题以后会自己一直讲下去，不给你问第二个问题的机会。一般人在这个时候会胆怯退缩，国谷主播却试图加入到他的话里，然后努力地提问，让他不得不停下来。正是因为努力地去做这些事，才会额头冒汗。而电视记录了这一切。这，就是电视。"

作为被采访对象的嘉宾与采访者，无论是现场直播还是事先录制，双方都是怀着十二分的认真的。采访者一边想着该如何问出那些必要的问题，一边又期待着对方或许会说出一些超出预料的重要信息，所以在聆听对方回答的同时还必须牢牢地注视着对方的表情。不知道我能否带给对方这样一种感觉："如果是这个人的话，我还可以说得再深入一点。"而被采访的嘉宾也在看着我的表情，观察我究竟只是在听一个大概，还是真正把话都听进去了。

被只属于那个人的独一无二的话语和表情深深感动，再将这份感动传递给观众，对我来说，此时的采访就是最完美的纪录片。

要充分做好准备，但是请把事先预想的剧本丢到一边。除了语言，也请你仔细抓住对方整体透露出来的信息。然后最为重要的是，要对追求有质量的回答这件事情保持近乎顽固的执着。采访工作数十载，历经曲折。所谓心得，皆尽于此。

第八章

问无止境

与泰德·科贝尔先生在美国广播公司
《夜线》的演播室

美国新闻业与泰德·科贝尔

1975 年，美国在越南战败，而这一年我开始了在美国的大学生活。越战是人类历史上首次通过电视进行报道的战争，并且电视报道被认为对这场战争的终结起了关键作用。此外，《纽约时报》刊登了美国国防部有关越战分析的绝密报告"五角大楼文件"，《华盛顿邮报》揭露出水门事件的真相，最终导致了尼克松总统的下台。

因此，美国国民对媒体的信任与日俱增，此时的新闻业也展现出一派生机勃勃的景象。美国司法部认为刊登"五角大楼文件"是"牵涉到国家安全保障的问题"，于是命令《纽约时报》停止连载。但是美国联邦最高法院根据言论自由的原则，判定政府无权干涉绝密报告书的刊登。联邦最高法院的布莱克法官在判决时这样说："只有自由的、不受约束的报道才能将政府的谎言公布于光天化日之下。"在这种情况下，社会全体渐渐形成一种共识，认为是新闻报道充分发挥其职能才终于为越战打上了休止符。我的大学生活就是在这样一种社会氛围中度过的。

进入二十世纪八十年代，电视又实现了通过卫星转播向全世界的人们现场直播。美国广播公司的一档名为《夜线》的节目，就是以主播泰德·科贝尔连线采访与当天节目主题相关的当事人和专家为主要内容。持不同意见的人们可以通过画面进行讨论，我每次都很留意当事人在现场直播时说的话。

科贝尔总能迅速并准确地向多名嘉宾抛出问题，并在对方试图岔开话题或者跑题的时候巧妙地打断，敦促对方从正面回答问题。我能够感受到无论对方是谁，科贝尔始终保持着相同的距离感，对每一位嘉宾的提问也一贯采取公平的态度。

1985 年 3 月，科贝尔的《夜线》在南非进行了连续五天的报道。这是一次具有历史性意义的节目。因为在节目里，图图主教与南非外交部长博塔进行了历史性的会面。在种族隔离制度根深蒂固的南非，图图主教是一名致力于废除这种制度的黑人领袖，而外交部长博塔则是曾任联合国大使的南非政府发言人，一个口才了得的白人。从未有过交集的两人接受《夜线》的邀请，在科贝尔的斡旋之下第一次对话。双方会相互打招呼吗？科贝尔屏住呼吸，静观其变。

图图主教："晚上好。"

科贝尔："部长，晚上好。"

博塔外交部长："晚上好。"

科贝尔："部长，请您和主教打个招呼。"

沉默。终于在五秒后——

博塔外交部长："主教，晚上好。"

图图主教："部长，晚上好。近来可好?"

在这次谈话中，双方就改革的重要性达成了共识。就在这次对话的五年后，纳尔逊·曼德拉被释放；十年后种族隔离制度被彻底废除。电视将此次两人的对话作为重要的新闻进行了详细报道。此前，黑人领袖与政府代表从未在政治、外交领域进行过正式对话，而这一次电视通过转播技术将双方联系起来，实现了历史上第一次对话，这件事本身就具有重大的意义。科贝尔后来在他1996年出版的专著中提到，对于这次节目是不是真的能给南非带来有益的结果、在现场直播时双方究竟会不会进行交谈，当时的他也是满心忧虑、紧张万分。电视新闻不仅制造了机会，还通过采访的方式实现了对立双方当事人的进一步了解，同时向我们展示了电视与语言蕴藏的巨大可能性。

学习"语言的力量"

1988 年 6 月 9 日，下一届总统选举候选人之一布什副总统以嘉宾身份做客《夜线》。在采访中，布什试图把话题引到一些政府受到肯定的政绩上去，以此躲避科贝尔提出的尖锐问题。对此科贝尔毫不留情地说道："成功的方面可以放到竞选时或者选举宣传片里去说。在这里我想谈的是那些不成功的地方。"科贝尔作为一名新闻工作者的职业精神尽显于此。

在伊拉克战争爆发一年后的 2004 年，针对愈发扑朔迷离的战争局势，我采访了科贝尔先生。那是在 2004 年 4 月 14 日播出的"占领下的伊拉克——泰德·科贝尔的讲述"。节目里，我们介绍了《夜线》有一期科贝尔采访保罗·布雷默的节目。推翻侯赛因政权以后，以美国为首的临时管理当局实质上占领了伊拉克，布雷默长官是这个机构的负责人，当时就在巴格达高墙围绕的旧总统府宫殿里。在问了关于美军的撤军计划等问题之后，面对这位因无视伊拉克国民的声音而饱受批评的长官，科贝尔继续抛出更辛辣的问题：

"您知道自己在围墙外面被称为什么吗？阿亚图拉·布雷默。也就是说，您像那些大肆宣扬自己教义的伊斯兰教神职人员一样，对围墙外面发生的事情漠不关心。有那么多失望的、愤怒的人正渴求着答案。当国王的心情怎么样？很享受吗，还是很难受？"

对于这个问题，布雷默长官竭尽全力给出了他的回答："我只是接受总统的任命到这里来履行我的职务。我也是身心俱疲。"

在《聚焦现代》对科贝尔的采访中，我把提问的一条主线放在了美国国民和科贝尔自己如何看待"美国成为唯一的超级大国后单独采取行动的倾向逐渐增强"这个问题上。

国谷："'9·11'事件之后，大家都产生了一个很大的疑问，为什么美国如此被憎恨，被全世界讨厌呢？美国自己找到答案了吗？"

科贝尔："美国现在正投入几亿、几十亿的资金，想在伊拉克建立一个民主的政府。你们说这是为了自己的利益？当然是了。作为一个大国不可能单纯出于人道主义的原因就往海外派兵或者军事介入。那种单纯的追求是不现实的。但是尽管美国非常努力地去做一些自己认为对的事情，还是会成为被憎恨的对象，对此美国很震惊并深深地受到了伤害。"

在采访的最后，我问从伊拉克战争得到的教训是什么。常年从事战争报道的科贝尔如此回答：

"这是从所有战争都会得到的教训。无论什么样的军事行动或军事计划，重要的时刻是第一颗子弹被射出去之前。预料之外的事情时有发生。并且你一旦采取了行动，就不得不采取下一步行动。"

科贝尔的《夜线》得到了广大观众的信任，到 2005 年 11 月为止，一共持续了二十五年。来到《夜线》，也就意味着要被摆放在一座名为科贝尔的"精密天平"上。这档节目的影响力大到如果当事人拒绝参加《夜线》，人们会认为他一定是有某些无法向观众解释的隐情。

如今是一个电视的力量，尤其图像的力量可以轻易左右人们情绪的年代。哈伯斯塔姆所说的"电视传达的真相是图像而非语言"这一现象正在一步步变为现实。但是，泰德·科贝尔试图通过采访这种"语言的力量"让真相浮出水面。从科贝尔身上，我学到了采访具有的"语言的力量"。

在"同调压力"下

与多位历史见证人进行过深入交谈并留下宝贵的口述历史记录的政治学家御厨贵教授曾经说过,日美两国之间关于"提问"的文化不同,那种美国式的、攻击型的采访目前在日本是不被接受的。诚然,"攻击型的采访"或许不被接受,但是"应该问的问题就必须去问",从这个意义上讲,我认为文化的差异是可以超越的。

不可否认的是,在日本,人们往往会反对少数意见,跟随多数意见,或维持步调一致的氛围,这就是所谓"同调压力",一种空气般的存在。我还记得在之前与作家村上龙先生的对谈中,村上先生就表示:"当日本开始缺失自信的时候,人们会愈加追求一种共同感,这其实是非常危险的。"请与大家保持一致,不要逆流而行,大家一致是理所当然的事情——这种"同调压力"存在于日本社会大大小小的角落。近年来我甚至感觉到这种压力在逐渐增强。

　　在这种状况下，是不是连本该去与这种压力进行抗争的媒体、报道机构也不得不屈服了呢？我在本书第一章里提到过，电视报道隐藏的三大危险之一，是电视擅长煽动"观众的情感共鸣"，并且随着情感共鸣的升级，甚至会转而去附和这种舆论的风向。而如今这种现象产生的几率将会更高，身为媒体工作人员，我们必须对此有强烈而清醒的认识。

　　著名编辑武田砂铁先生在他的专著《纹切型社会》中列举了一部分容易造成社会僵化的词语。其中有关于"损害国家利益"这个用语的思考。武田先生认为，这个用语能产生极为强烈的"同调压力"，原本应该先问清楚具体会损害什么样的国家利益，但是当你提出这个问题，这本身就已经会被说成是损害国家利益了。

采访面临的"风压"

随着主持采访类节目的经验逐渐增多，对于日本社会特有的采访之难，以及采访时要面临的那种如同"风压"一般的"众人一致的压力"，我也时常深有体会。

我最初遭遇的一次"风压"，是因为在采访一位高人气的人物时问了比较尖锐的问题，结果受到了观众的强烈抗议，远超我的想象。事情的起因是在 1997 年 4 月，秘鲁总统藤森解决了日本驻秘鲁大使馆公邸的人质事件，成功营救出多名日本人，因此在时任日本首相桥本龙太郎的邀请下于同年 7 月来到日本访问。藤森总统这次出访受到了日本举国上下的一致欢迎，于是我们也将总统请到节目的演播室，通过现场直播进行了采访。那是在 1997 年 7 月 3 日播出的"采访藤森总统——人质事件：苦恼与决断"。

采访主要围绕总统决定采取营救行动的心路历程有条

不紊地进行着，但是在采访期间插播的第三段 VTR 报道中，提到了人质事件发生背后隐藏的如贫困加剧等秘鲁社会存在的问题，以及秘鲁国内日益高涨的对总统的强权手段的不满。因为在报道中有所涉及，这部分内容自然就成为接下来采访的主题。在剩余时间还有两分钟的时候，我向总统提及如下问题："只因对通过修改宪法加强总统权限并延长任期提出质疑，最高法院院长就被革去了职务，所以有人说您的手段越来越像一位独裁者。"对此，总统先表示独裁者是不经选举的，而自己是经过选举被选出来的。于是我打断了总统的话，说道："我的意思是说现在国民对您有这样的印象。"但就在总统回答的过程中，节目的结束时间到了。

对于这一期节目，观众的抗议以及杂志等媒体的批评是极其严厉的。有人指出节目的结束方式太过唐突，是对总统的失礼，对此我能理解。但大多数抗议和批评都是针对"怎么能对营救日本人的恩人提出那样无礼的问题"这一点。

当时日本举国上下对救出人质的藤森总统充满了感激，认为他是日本人的恩人。就在这种情感共鸣发酵膨胀的时候，"总统是不是一位独裁者呢"这样的问题对于许多人来说无疑是刺耳的声音。但是为了使总统的人物形象更加完整立体，将秘鲁国民的不满直接求证于总统本人，提出问题是无可厚非的。

　　在采访过程中，只要从负面向对方提问，或多或少都会受到抗议或批评。这样的情况，在之后也屡见不鲜。讨厌平静被打破，尽量避免出现不和谐，这或许可以说是日本人的一种国民性，这一点也非常明显地体现在对采访的接受方式上。

失礼的问题

还有一次采访也让我强烈地感受到这种"情感共鸣"形成的"风压"。那是在 2001 年 3 月 27 日播出的"田中知事：县政改革的风波"。时任日本长野县知事的作家田中康夫先生推翻一切旧制，积极推行改革，这种姿态得到了长野县民众的热烈支持，并且在全国各地都能听到支持的声音。而另一方面，以县议会为首的保守派还存在一定的反对力量，各大媒体连日跟踪报道田中知事的改革动向。节目先通过 VTR 报道描述了知事的改革措施以及由此产生的混乱局面，然后就改革的真实想法对身在长野市的田中知事进行了采访。关于改革的目的和方法，为了能得到更加确切的信息，我提出的问题直接而尖锐。可能这对田中知事来说很是意外吧，在采访过程中他那标志性的笑容渐渐消失不见了。以下是我的部分问题：

"有人反映您的做事方式是自上而下贯彻型的，并不能清楚看到决策的过程？"

"议会方面认为您全然无视以往达成合意的方式。知事是讨厌这种调整方式吗？"

"您提到现在的民主主义需要进行修复，具体是什么方面存在问题呢？"

我问出了自己认为应该问的问题，田中知事也根据我的问题，清楚明了地回答了自己关于改变目前民主主义存在方式的想法，整个采访内容充实，我也暗自松了一口气。不想就在此刻，NHK 接受节目咨询和观众意见的对外窗口已被来自长野县以及全国的抗议电话打爆："那个节目是什么意思啊？""对田中知事问那样的问题太过失礼了！""国谷主播攻击田中知事是要支持保守派的县议会吗？"其实这段采访结束以后，在节目中与担任嘉宾的政治学家的对谈里，我还提到了推进改革过程中速度的重要性以及无党派人士对知事的期待之高。但是观众的批评都集中在我对知事的采访上。

当采访对象是一个受到民众欢迎的人，如果你没有用一种附和的方式，而是直接提出批评，或者把重要的问题点反复提问，那么如上所述的观众反应便时有发生。但是，当诸如"我们要感谢这个人"、"我们想支持这个人的改革"的"情感共鸣"存在的前提下，如果要进行采访，我认为更应该从相反的方向去提问，看对方将如何回答这些问题。从他的回答中，我们才能清楚地看到这个人真正想做的事情。怎样排除掉日语中那些让人无法直言的暧昧要素，这对采访人来说也是一个重要课题。

公平的采访

　　无论是采访还是节目制作，公平始终是我的一个基本信条。这不仅是我要对观众保持公平，还包括在观众看来我是公平的。具体说来，我坚决反对为了追求简单易懂或者为了着重强调某些部分，就刻意隐藏其他部分或故意不涉及那些部分。如果是已知的事实，我就绝不隐藏，将所有的判断材料都展示给观众，在这个基础上，再期待观众能与我一样产生愤怒或形成同感。

　　有没有直面问题所在？制作节目时是不是还抱有一丝后顾之忧？如果在试播时发现描述不够准确或者有所遗漏等问题，就拿到演播室里解决。时常提醒自己，是否存在偏见或者自以为是的地方却没有意识到。这些细节都与公平息息相关。

　　《聚焦现代》在节目里经常采访美国、韩国和中国的重要官员，因为这三个国家对日本尤为重要。我采访过三位韩国总统、两位中国总理，以及美国驻日本大使，其中包括四位刚上任不久的美国大使。

对美国驻日本的第一位女性大使、于 2013 年 11 月上任的卡罗琳·肯尼迪的首次电视采访，由于大使馆方面的要求，没有在她上任后立刻进行，而是放到了第二年的 3 月。但是在此期间，因为安倍首相于 12 月参拜靖国神社及相关历史认识等问题，日韩关系降到冰点，日美关系也因此受到影响。美国驻日大使馆发表声明，对安倍首相的参拜行为表示失望。并且，关于历史认识问题，美国方面对 NHK 会长及经营委员的发言也有不少批评意见。对肯尼迪大使的采访就是在这样一个日美关系面临复杂局面的敏感时期进行的。

能否在整个采访过程中始终保持公平的姿态呢？因为之前经营高层的发言导致 NHK 的放送理念受到质疑，而我们作为 NHK 的节目，就需要比以前更加注意公平的问题。

在 2014 年 3 月 6 日播出的"日美关系的走向——采访肯尼迪驻日大使"节目中，对肯尼迪大使的采访涉及日美关系的现状、对安倍政权的评价、中国的崛起与日美同盟关系的强化、冲绳的基地问题，以及在任期间的计划等方面，其间我问了这样一个问题：

国谷："我们必须承认，如今的日美关系受到了安倍政权的一员，同时也是 NHK 的经营委员及会长的发言的影响。美国媒体对此的报道认为，这些言论妄图重写或修改对第二次世界大战的历史定义。我读了前不久美国专家向议会提交的报告，里面是这么写的：关于第二次世界大战中美国发挥的作用及之后对日本的占领，安倍首相的历史观与美国方面的主张似乎是相对立的。美国驻日本大使馆也发表声明，认为其部分发言是有违常识的。请您具体说明一下您想表达的意思。"

肯尼迪大使："正如美国大使馆在声明里说的那样。无论是友人还是同盟国都会出现意见相左的情况吧。如果存在不同意见，明确表达出来很重要，并且我相信今后我们也会这样做。但是从整体来看，我们不能忽视这样的事情。日本与美国是一种极为稳固的、积极的伙伴关系，我们是为了生活在这个地方的人们的幸福而努力，并且这种关系确实带来了社会安定与经济繁荣。这种经济上的主导力，是在过去五十年间完成的各种发展的基础。在考虑问题时首先需要意识到这个背景。历史是复杂的。就像奥巴马总统引用的马丁·路德·金牧师的话那样，历史终将走向正义，而这正是我们的目标。"

如此，我在对肯尼迪大使的采访中提及了 NHK 经营高层的发言问题。因为我认为这才是自己一直追求的公平的采访。并且，出于对节目信任度的考虑，这个问题也是无法回避的，即使大使拒绝回答。

剩余时间三十秒时的"但是"

2014年7月3日播出的"集体自卫权：采访菅官房长官"节目中，针对日本内阁正式决定修改宪法解释，从而使部分集体自卫权的行使成为可能这件事情，我在《聚焦现代》的演播室里与政治部记者一起采访了菅义伟官房长官。采访一共是十四分钟。这是一个有关安全保障的重要问题，分配到的时间却极其有限。对于这次修改宪法解释，民众人心惶惶，我也密切关注着舆论的变化。观众在此刻最想向政府提的问题是什么？在这个基础上，我应该把重点放在哪里？以下是我采访的内容。

国谷："我想确认一下，您的意思是不会去参加以保护他国为目的的战争？"

官房长官："这一点说得很明确。"

国谷："那为什么之前宪法中不被允许的事情现

在予以应允？能否理解为安全保障环境的变化导致除《日美安保条约》以外，还必须通过行使集体自卫权来作为补充？"

官房长官："如今我们国家有一百五十万国民在海外生活，此外还有一千八百万人因旅游等原因出国，这就是当今时代的状况。并且我国所处的安全保障环境正面临着极为严峻的局势，这也是事实。在这种情况下，对任何一个国家来说，仅靠一国之力就能守卫和平的年代都已经结束了，这首先是一个大的变化。……还是要通过加强日美同盟，提高威慑力，这样我国实际需要行使武力的情况就会大幅减少，也正是出于这种考虑，这次出台了'新三原则'。"

国谷："修改宪法解释从某种意义上来说可能会导致日本整个国家生存状态的改变，仅仅是因为外界原因、因为国际环境发生了变化就需要修改宪法吗，很多人对此表示质疑。"

官房长官："关于这个问题，应该反过来说，之前四十二年维持不变的宪法解释就真的合适吗？……在一贯的政府意见基本伦理范围之内，这一次我们是把'如果与我国有密切关系的他国遭遇武装袭击，我国存亡受到威胁，国民的生命、自由以及追求幸福的权利被彻底剥夺'这样一种明显的危险情况写入了条文，并且在内阁会议上获得了通过。"

国谷："所谓有密切关系的他国具体是指哪些国家？当然作为同盟国的美国是能够想象的。这些国家是事先定好的，还是到时候由当时的政权来决定？"

官房长官："关于这一点，同盟国美国是理所当然的。关于其他国家，我想应该是由那个时候的政府根据具体情况来做判断。"

国谷："我想很多人担心的是到时候能否真的控制住局面，当一个关系非常密切的他国强烈要求支援时，之前'宪法第九条不允许'是一个极为有力的理由，可如今究竟该如何拒绝呢？"

官房长官："在新原则里写着要关乎我国存亡、国民自由等，这一点与之前是一样的。"

国谷："您的意思是能拒绝……"

官房长官："当然。"

国谷："还有一个担心之处，到目前为止日本将自己的活动范围局限在非战斗地区，没有和美国一同行动，也正是因为这种独特的方式获得了一定的认同。可是这次的事情会不会导致这种影响力将不复存在？"

官房长官："我认为完全不会。就像刚才我说的，是针对与我国有密切关系的他国遭遇武装袭击，我国存亡受到威胁，国民的生命、自由以及追求幸福的权利被彻底剥夺这样一种明显的危险情况，所以是能控制住局面的，不存在问题。"

国谷："但是，如果是为了有密切关系的他国行使集体自卫权，对第三国发动了武装攻击，那么从第三国来看不就是受到了由日本先发起的攻击吗？战争这种事情，不能只从自己国家的角度去解释，并且其发展走向也完全无法预测。"

官房长官："不存在我们先发动攻击的可能性。"

国谷："但是，在行使集体自卫权的时候，为了保护……"

官房长官："所以我们设定了一个最小范围，也就是'新三原则'这道坚实可靠的闸门，你说的情况不包括在内。"

在节目接近尾声时，政治部记者还提到是否能够打消国民的不安与担忧，对此官房长官回答说，相信在国会审议法案的过程中一定能够获得国民的理解。此时节目时间已经所剩无几，而我又提出了一个问题：

国谷："但是话说回来，关于修改宪法解释这件事情，'新三原则'让人们感受到的疑问以及不安又该如何解决呢？"

剩余时间不足三十秒，重新提出一个问题本身已经十分困难了。就在官房长官回答到"四十二年过去后世界发生了变化，已经不再是凭一国之力就能守护和平的年代了"的时候，节目结束了。在现场直播时严格控制时间本是主播分内的工作，在这一点上我失职了。但是为什么还要继续提问呢？大概是因为感受到了电视对面传来的希望我再多问一些问题的声音吧。

本书第七章曾经提到，在日本，人们对政治家、企业经营者等身负说明义务的人进行采访时，普遍不会采取追根究底的提问方式。这是采访人自身的想法，或是出于对观众和读者情绪的顾虑，又或许两方面因素都有吧。经常有人对我说，如果在采访中提及批评对方的内容，这些内容会被看成是采访人自己的想法，从而导致节目缺乏公平性。但是正如我在这本书里写到的，应该问的问题就要认真问清楚，即使换个角度也要重复去问，尤其需要从批评的角度去问，只有这样才能让真相浮出水面，而这才是所谓公平的采访吧。

不少媒体报道，我对菅官房长官的这次采访引起了首相官邸的不满。我不知道这是否属实，如果确实如此，那么可能是我不断重复"但是"这个表示转折的词语而导致的吧。看来，"应该问的问题要问清楚、要重复去问"这件事，实践起来是伴随着很多困难的。

用语言继续问下去

1988 年，在报道美国总统大选时，面对时常在白宫向总统提出尖锐问题的记者山姆·唐纳德森，我问了这样一个问题："为什么您总是问总统那么严厉的问题呢？""国谷女士，我们假设在一个乡村小镇上举办苹果派大赛，冠军是住在隔壁的一位迷人的老太太。即使面对的是这位老太太，我还是会说，祝贺您获得冠军，但是您有没有在这个苹果派里使用添加剂？"唐纳德森记者的回答给我留下非常深刻的印象。他教给了我采访的基本原则：无论地点在哪里，无论对方是谁，应该问的问题就要切实地问清楚。但如果是在日本，这个问题到底问还是不问呢？

如今，时代激流湍急，国内外的生存方式与价值观日趋多样化，在这种情势下，报道节目中的采访究竟应该发挥怎样的作用呢？能够直接发送信息的便利工具谁都可以轻松获得，甚至连新闻业都快要被看成是"多余的过滤器"。但是，正如向做苹果派的老太太提问"使用添加剂了吗"，这种新闻工作的采访功能，真的消失了也无所谓吗？对那些手握权力、一个决定就能影响众人生活的人物，现在应该更加有必要进行多方位的监督吧。

在电视摄像机镜头前进行的采访中，如果能得到可以成为热门新闻的回答，那应该说是极少的例外。但是通过向对方询问，可以使得诸如问题的所在、解决方案等与问题或主题相关的信息清晰地显现出来。有没有回避问题的尖锐之处，有没有轻易地去附和观众的感情，有没有为了追求"简单易懂"而无视问题的复杂性？我们必须一边提醒自己不要落入电视报道的陷阱，一边继续发问。

尽管在采访方面受到过许多批评，但是说到《聚焦现代》二十三年主播工作的核心，我依然认为是坚持不断地提问。这不仅是对采访对象，还包括对观众、对自己不停地发问。不是用语言去传达信息，而是"用语言去提出问题"。对于"主播的工作究竟是什么"这个二十三年前曾经有过的疑问，以上或许就是我自己的答案。

第九章
失去的信任

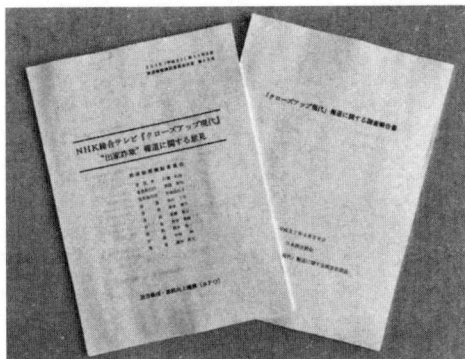

与"出家诈骗"报道相关的 NHK 报告书和 BPO^①意见书

① Broadcasting Ethics & Program Improvement Organization 的缩写，即放送伦理及节目改进机构。

关于"出家诈骗"的报道

　　我在本书第五章的最后提到过，自己曾经在全员试播会上因为大意在一个不起眼的"陷阱"上栽了跟头，那是一段十分令人痛苦的经历。在这里我想谈一谈这件事情。因为说到在《聚焦现代》的二十三年，这件事是无法回避的，尽管苦涩难当，我还是不得不把它写下来。

　　"'现在报道的事情是真的吗？'如果对所有的事情我们都要这样一一去怀疑，那么我们对社会、对世界的预测将陷入极大的混乱，连日常生活也难以维持了吧。同样，电视以及广播的新闻报道节目，作为'电视工作者追寻真相并进行合理编辑的成果'，如果没有观众对此的信任也是无法继续下去的。"

　　这是 2015 年 11 月 6 日 BPO 的放送伦理检验委员会公布的《关于 NHK 综合频道〈聚焦现代〉"出家诈骗"报道的意见》中开头的一段话。正如文章中所写，报道节目是建立在观众的信任这一基础之上的。如果这份信任遭到破坏，那么节目也将难以立足。

2015 年 3 月，某家周刊杂志刊登了一位节目参演人员的爆料，由此引发了观众对《聚焦现代》巨大的信任危机。作为节目制作接力的最后一棒，主播的工作是要奋力跑到终点、将手中的接力棒交给观众。即使交出去的那个接力棒是完全不足以信任的东西，一切也是不可回头的。对于这一点，常年从事主播工作的我自认为是非常清楚的。

2014 年 5 月 14 日播出的"追踪：'出家诈骗'——宗教法人面临的危机"中，约三分三十秒的画面被 NHK 设置的调查委员会认定为"有违观众期待的取材·制作"，同时 BPO 的放送伦理检验委员会也给出了"歪曲事实"、"严重违反放送伦理"的最终审议结果。节目包含了这些画面，作为把信息传递给观众的主播，我的责任无可逃避。

这一期节目揭露了部分实际已停止宗教活动的宗教法人即所谓非活动宗教法人，他们滥用出家后可以更改户籍姓名这一制度，将背负多重债务的人变为他人身份，从而骗取住房贷款等。节目报道了这些诈骗事件的实情，并考虑了相应对策。这期节目的 VTR 报道里有三分三十秒的画面，其中包括假装使用隐藏摄像头拍摄的，疑似介绍出家的中间人与希望通过出家免除多重债务的人双方进行交涉的场景，以及对二人的采访。正是这一段内容，被认定为"与事实不符"、"后期取材不充分"（NHK 报告书），"包括中间人的实际活动状况在内，传达了大量与事实出现严重偏差的信息，有失准确"（BPO 意见书），并且其中假装使用隐藏摄像头的拍摄方法也被认为是"违反放送基本准则的'过度表演'"、"极易使观众产生误解的编辑方式"（NHK 报告书），"冒充'隐藏拍摄'的取材是为了强调节目意图而歪曲事实"（BPO 意见书）。另一方面，除了这一段画面以外，节目本身"作为报道节目应该受到高度评价"（BPO 意见书）。

在本书第五章里我详细地描写了"全员试播会"，这可以说是《聚焦现代》制作过程的核心。在试播会上，我们以取材得来的 VTR 报道为中心进行讨论、商议，并决定节目的最终演播方案。既然如此，这段被指出有问题的三分三十秒的画面，又是如何通过我也在场的试播会，最后在节目里被播放出来的呢？

在这期节目播出前一天的试播会上，关于 VTR 报道中描写的利用出家的诈骗行为，我们讨论了这种现象发生的原因、背景，例如非活动宗教法人的现状以及宗教法人陷入困境的缘由等问题。但是说实话，对于后来出现问题的这一段录像，在我的记忆中并没有进行过相关讨论。所以当问题被曝光后，我不得不开始思考当时在试播会上我究竟为何没有对这段录像产生怀疑。有可能是因为在《聚焦现代》播出之前，包括这部分画面在内的内容已经在关西地区的电视节目——由 NHK 大阪分局制作的《关西热视线》中播放过了，之后也没有出现什么问题，再加上负责取材的记者和编辑都是身经百战、经验丰富的老将。还有一点是，我们在试播会上主要对 VTR 的构成和评论内容、采访的编辑方式、节目的意图和主题进行讨论，但对于取材的素材本身，并不会一一去核对是否符合事实。换句话说，试播会上的讨论，都建立在眼前的素材皆为事实这个基础之上。至少我是如此认为的。如果对素材的每一帧画面都抱着"这究竟是真的吗"的疑问去进行试播，那么试播本身就是不成立的。

你要说我想法太过天真，我也无力反驳。但就如前文引用的 BPO 的文章所言，报道节目是建立在观众的信任基础上的，同样道理，在节目制作过程中的试播会上，如果没有主播和取材人员、制作人员之间的信任，讨论也无法进行下去。即使这种信任关系受到背叛，报道里出现了与事实不符的描写，作为主播的我也极有可能不会发觉。这绝不是为自己找借口，只是我的真实想法。看过 NHK 和 BPO 的调查与结论之后再回头来看，不得不承认那段录像确实拍摄得太过凑巧，与节目的构成贴合得过于完美了。对于这样的画面，在试播时我应该有所怀疑的。但实际在试播会上谁也没有提出异议，就直接在节目里播放了，结果导致了观众信任的崩塌。

2015 年 4 月 28 日，NHK 的内部调查委员会公布了调查报告书，为了传达这份报告书的内容，电视台举办了一次特别节目，由我担任主播。在节目最后，作为这次问题节目的主播，我就此次事件向观众道歉：

作为主播，我传达了部分不符合事实、违反放送基本准则的内容，并因此导致观众对我们的信任受到严重损害，对此我深表歉意。《聚焦现代》自平成五年开播以来，在过去的二十二年里，直面各种社会现象，努力满足观众想要深入了解当今社会的需求。希望能从更深刻的角度一点一点地去挖掘这个日益复杂化、难以看透的现代社会，出于这种想法，我也加入了这档节目。同时我希望通过保持公平和对事实的诚实态度，以回报观众的期待与信任。然而，这次调查委员会的结论是去年 5 月 14 日播出的节目中存在有违观众期待的取材和制作。我个人也感到非常遗憾，再次向大家致歉。这档节目能坚持二十二年至今，是因为得到了无数观众的信任，但这次的事情无疑损伤了这份信任。想要挽回观众对我们的信任，只有在制作往后每一期节目时，牢记这次调查报告指出的问题，用最真挚的态度继续下去。此刻，这种想法尤为强烈。

需要明确的问题

当《聚焦现代》的管理部门的负责人告诉我，NHK
决定制作一期特别节目来公布这次调查结果，并希望由我
来担任节目主播的时候，说实话我很犹豫。由于节目的信
任受损，要向观众道歉，这是必不可少的，但是应该从谁
的角度来表达歉意呢？出现问题的是《聚焦现代》的一期
节目，而节目的主播是我。那么是应该从传达了错误信息
的主播个人的角度出发向观众道歉，还是作为 NHK 的代
表去面对观众，以 NHK 的身份来道歉呢？负责人并没有
告诉我明确的方针。

于是我像往常主持《聚焦现代》一样，并不是以
NHK 代表的身份，而是仅仅作为《聚焦现代》的主播，
用自己的语言完成了节目中的评论。之前的那一段文字就
是我的语言。

NHK 究竟期待我从哪一个角度来发言，对这件事情

有没有认真地讨论和决策，我至今都无从得知。当我写完节目中的评论，对该节目的负责人说"我在节目最后的道歉需要两分三十秒"时，对方只回答了一句"太长了，一分钟可以了吧"，仅仅如此。连具体的内容都没有过问，只是留意了一下时间，这种态度让我觉得对方需要的只不过是一种形式上的道歉罢了。在这次节目的最终试播会上，并没有人要求我把所需的时间缩短。但是，对于节目所面临的危机，以及到目前为止为了得到观众的信任而不断付出努力的节目制作组的悔恨，NHK 组织全体究竟有没有形成共识？我又记起了当时自己心中那种荒凉无助的感觉。

这次风波过后，为了防止再度发生类似问题，NHK 制定了相关对策，例如强化对试播等过程的审查机制，限制使用如问题画面中出现的那种匿名采访，鼓励制作人员之间的信息共享，并积极推行对策的实施。但我在意的是，究竟为何这种画面会被制作出来，制作人员们"过度演出"、"歪曲事实"的动机何在，这些问题并没有被彻底地讨论。不可否认，我自己确实存在需要反省的地方，节目质量的把关、工作人员之间的信息共享都是很重要的问题。然而在取材也就是节目制作的第一现场发生了"过度演出"、"歪曲事实"，对其原因的调查难道不是更为重要的吗？问题不仅在于这段录像是如何制作出来的，而在于为何会发生这种现象，我们还需要从这个角度来思考。这里就隐藏着电视报道极易走入的"陷阱"。

"编辑"的恐怖之处

在二十三年间播出的共计三千七百八十四期节目里，这次"出家诈骗"事件留下了最大的污点，除了悔恨还是悔恨。但这并不意味着我们就能自信地保证其他所有节目都完全没问题。例如经常收到来自取材对象的严厉批评、不满和抗议，以及对节目中嘉宾发言的抗议等，即使再努力，再小心，这些情况还是会发生。虽然遗憾，但这就是事实。其中，对 VTR 报道的编辑尤其容易发生问题。

所谓"编辑"，就是从取材得到的大量素材中删去某些内容，或强调某些内容，并且调整内容的构成，以便让观众更容易理解节目想要传达的事实。但是在取材、采访对象的个人想法与制作人员想要传达的想法之间，往往会产生某些差异。当然，对于这种情况，参与节目制作的人是最清楚的；尤其是在编辑采访的内容时，想要把说话人的想法全部编辑进去、在节目里播出，其实是非常困难的，需要十二分的小心。

但是经过编辑后播出的东西，有时并不一定能准确反映说话人的想法，甚至说话人认为传达的内容完全错误的情况也时有发生。关于这一点，《聚焦现代》还经历过一次严峻的考验。

还有一条指摘

1997 年 12 月 9 日播出的节目是"把婴儿交给我们——幼儿园的保育战略"。社会对保育园的需求不断增加，有不少传统的幼儿园却开始出现经营困难。了解到这个情况以后，我们在节目里报道了相关现状和幼儿园方面的对策，以及行政方面的动向。

但是其中某家接受取材的幼儿园表示节目的播出造成了幼儿园信用受损、名誉受到侵害，因此对当时的"关于放送与人权等权利委员会"提出了申诉。委员会的结论是，虽然节目总体上依据取材的事实，但是"取材、编辑的过程有欠考量，不可否认，从作为被取材对象的幼儿园方面来看，内容存在严重偏颇，节目确实存在放送伦理上的问题"。该委员会还要求我们今后必须注意更多地为取材对象考虑。

节目出现了这样的问题，是因为在取材之初，幼儿园方面除了目前的经营困境以外，还谈到了正在进行的种种教育方针改革，但是在节目实际播出时，只剩下有关经营困难的部分被着重强调出来。制作人员取材于数家幼儿园，但是在VTR报道的整体构成中，只选取了每一家幼儿园的重要信息点编辑进节目。而这家提出申诉的幼儿园，就是被放到了描写幼儿园经营困难现状的那部分里，其他关于教育方针的素材全被剪掉了，结果导致"节目内容存在严重偏颇"。

对于节目的构成与编辑而言，关键在于如何能把节目的主题准确无误地传达给观众。在这个过程里，为了使节目简单易懂，需要对取材得来的种种构成要素各自包含的复杂的事实和想法进行整理，有些部分不得不割爱，有些部分则需要强调，在此基础上完成节目，有时这也是迫不得已的选择。但是正如我在之前提到的，要警惕报道节目存在的一大陷阱，不能因为过分追求简单易懂而剥夺构成要素的丰富性与深度，甚至不惜歪曲事实。

自从上述幼儿园事件发生以来，在试播时如果看到构成上过于流畅、简单易懂的VTR报道，我反而会提高警惕。有没有为了追求这种简单易懂而故意把与之不同的事实或意见删减掉呢？我会有意识地去问这个问题。

"出家诈骗"节目中被刻意强调的事实，与这种编辑过程中产生的弊端不同，是取材本身的问题。但是从根本上来看，两者是存在共通点的，那就是贯穿于节目制作过程中的对简单易懂的追求吧，而这导致的结果只能是在追求吸引眼球的东西和趣味性的风潮中随波逐流。

不堪一击的放送自律

  我将自己在对"出家诈骗"报道的调查结果进行说明的特别节目中的评论拿出来再读数遍，仍然无法抑制悔恨的心情。报道节目想要取得观众的信任需要花费很长时间，失去却只在一瞬间。因为这一期节目，自民党还曾让NHK的经营干部去说明情况，总务大臣甚至对NHK发出了书面的严重警告。人们对于这些给放送造成的压力，一时间也是议论纷纷。

  报道"出家诈骗"事件的一期节目，就引起了放送自律的地动山摇。看到这个结果，我开始重新认识每一期节目的重要性，也体会到放送自律需要制作人员的努力才有实际意义，同时还看到了这种自律是何等不堪一击。

第十章

身处时代的洪流中

在印度新德里的街头

海外视角

　　冷战结束、苏联解体以后，全球化进程加速，如中国的迅速崛起、中东的混乱局势以及恐怖组织的扩张等，如今的世界局势已经超出了冷战的胜利者美国所能掌控的范围，而《聚焦现代》在过去的二十三年里一直密切关注着这些翻天覆地的变化。在本书第一章中提到的新节目筹备文件里，明确写着每周三主要报道国际主题，可见节目组从节目筹备之初就非常重视国际问题。虽然后来没能按照"一周一次国际问题"的计划实施下去，但是《聚焦现代》对世界各地发生的纷争、经济商业动向，以及社会问题和事件、事故都进行了细致的报道。

　　节目刚开播不久时，由于美苏之间的紧张关系升级，之前双方抑制纷争、势力均衡的时代宣告结束，此时的俄罗斯表现出了与美国协同合作的态度。同时欧洲也向着打破国境、加强相互依存、实现富裕安定的理想大步前行。

尽管新的国际秩序尚不明朗，还是有人预测以联合国为中心的新秩序即将诞生，于是在1993年12月21日，我们播出了一期名为"联合国的时代将再次到来吗？——采访联合国秘书长加利"的节目。另一方面，我们从开播第一年开始并且在往后的数年中持续多次报道的俄罗斯局势，依然混沌一片。我在之前已经提到过，我们的第一期节目就是"俄罗斯：危机的图景"，并且在同年秋天的大约两周时间内连续播出了三期有关俄罗斯的节目，分别是9月27日的"俄罗斯：陷入泥沼的权力斗争"、10月4日的"俄罗斯的紧急状况"，以及10月12日的"叶利钦访日——验证·强权政治·领土交涉的背后"。

对我而言，其中从国外直播的节目给我留下了较深的印象。例如在一年后即将迎来回归的香港制作的节目，以及"9·11"恐怖袭击事件发生两个月后在纽约制作的"美国将何去何从"系列的四期节目——这是我们第一次从海外直播系列节目。除美国以外，之后我们还在欧洲、中国、印度以及中东做过海外系列节目。

2011年12月5日至7日播出的三期系列节目"剧烈动荡：中东将走向何方"分别是在埃及、以色列和土耳其制作的。"阿拉伯之春"究竟给中东地区带来了怎样的变化，我们希望通过这次的节目为观众解读当时复杂的局面，尤其是当埃及的穆巴拉克政权倒台后，美国在中东的影响力急转直下。这次的节目制作需要长距离移动，同时还要一边采访情况各异的各国要人一边连续播出节目，因此不仅在体力上负荷过大，消化所有内容也相当花费时间。即便如此，去到这些创造历史的现场，听到那些激情洋溢的重要人物的话语，很多仅仅通过新闻报道很难理解的国民感情和对现状的把握，以及国际关系的宏观结构就都清晰地显现出来了。日后再报道相关地区的局势时，这些宝贵的经验还能成为重要的判断标准。

当然很多时候制作系列节目并不一定都要到事件发生的现场去。与捕捉日本国内的新气象一样，为了寻求海外的新鲜气息，向观众传递领先时代的想法、全新的价值观和动向，我们还尝试在欧洲制作了一共两期的系列节目。那是在2002年5月7日至9日播出的"欧洲：新气象"。节目介绍了在全球化进程不断加速、价格竞争日益激烈的大环境下，法国与英国开始重视小规模的农业和地方产业，着手打造一种不同于以往那样只注重价格竞争和效率的全新商业模式。"我们想回到那种以人们的生活为根本的经济"、"需要思考消费者和生产者之间应该有怎样的公平关系"，节目中这些发言引人深思。在这次的系列节目中，我们还较早地报道了欧洲为防止全球温室效应面临的种种挑战。

毫无进展的中东和平

在《聚焦现代》开播的 1993 年 9 月，以色列和巴勒斯坦达成历史性的和解，以色列总理拉宾与巴勒斯坦解放组织的阿拉法特议长在白宫前握手言和。一直彼此不承认的双方首次相互承认，向着和平迈出了重要一步。我在卫星频道主持《环球新闻》时就多次报道过中东的和平问题，还曾在节目中通过卫星转播同时连线以色列和巴勒斯坦解放组织的发言人，有机会亲耳听到双方的主张并与之对话，因此对这个地区格外关注。

不同的宗教、各自的民族所肩负的历史、由于耶路撒冷的归属问题而产生的对立，以及其他大国的干预，等等，中东和平问题的复杂性很难解释清楚。每次我都很苦恼在节目开头的"前说"里对问题的历史经过和背景要说明到什么程度。不作说明的话观众看不懂，一旦开始说明牵扯的内容又太多。但无论如何，如果不能实现和平，中东就无法安定，世界也随之不安。《聚焦现代》在1993年9月14日播出的"四十六年后的和解"中报道了双方历史性的和解，此后也多次在节目中提到了中东和平问题。其中我印象最深的是2000年8月21日播出的"合意还是破裂——独家采访阿拉法特议长"。在节目里，我采访了巴勒斯坦解放组织的领导人阿拉法特议长。

8月17日，也就是节目播出四天前，我在心里对自己说，眼前坐着的这位就是巴勒斯坦解放组织的阿拉法特议长本人了。他头上包着标志性的、黑白相间的、被称为"卡菲亚"的头巾，身上穿着军绿色的军服。对这位七十一岁的巴勒斯坦领导人的采访最终决定下来，是在他走进这个房间的十分钟前。

我正在关西老家享受为期一周的暑假时，突然接到了责任编辑的一个电话。大意是说明天阿拉法特议长将访问日本，节目可能会对他进行采访，编辑先用快递把近期中东和谈的资料寄给我。从说话的语气来看，责任编辑自己也不是很确定这次采访能否实现。即便如此，我还是停止了休假，在第二天傍晚开往东京的新干线上把相关资料看了一遍。

阿拉法特议长的此次访问，据说是为了向日本政府直接说明上个月在美国戴维营举行的和平谈判的结果。而就在阿拉法特议长这次访问前不久，以色列前总理佩雷斯作为时任总理巴拉克的特使也到日本进行了访问，可见双方正在展开争夺国际舆论的竞争。

可我一到东京，节目组就通知我立刻赶到阿拉法特议长下榻的帝国饭店。自从上个月和平谈判破裂以来，阿拉法特议长不接受任何媒体的采访，所以此刻全世界都关注着他的发言。而我却没做充分的准备，内心不由得焦虑起来。

为了争取到对这些政府要人等新闻人物的独家采访机会，媒体之间的竞争也是格外激烈。就在我满怀忧虑从东京车站赶往帝国饭店的同时，节目组与阿拉法特议长方面的采访交涉正面临着与其他电视台的节目——由久米宏先生担任主播的《新闻站》的竞争。然而与议长先遣队的交涉并没有得出结论，是否接受采访、如果接受采访的话接受哪一家媒体的采访，这些问题都要等阿拉法特议长本人亲自决定。听说《新闻站》还准备了阿拉伯语的同声传译，计划在当天通过现场直播进行采访。而我们的节目因为在暑假期间暂停播出，只得采取 VTR 录像的方式，由我直接用英语提问。在辛苦的长途跋涉之后，阿拉法特议长应该更想用母语进行交谈吧，想到这儿我自己先没了底气。

我们在饭店等了两个半小时，终于在晚上 9 点 30 分过后，工作人员冲进房间："只接受 NHK 一家采访。十分钟后到达。"

就这样，通过与议长方面的直接交涉，我们获得了独家采访的机会，而阿拉法特议长真的就在十分钟后出现在了我们的 1585 号房间。

与以色列和平谈判的最大矛盾在于圣地东耶路撒冷的归属问题，所以阿拉法特议长方面是否还有妥协的余地是大家关注的焦点。

国谷："比如是不是可以先就其他问题达成合意，把东耶路撒冷问题暂时搁置？"

阿拉法特议长："不行。我不能成为叛徒。我不会做背叛阿拉伯人、伊斯兰教徒和基督教徒的事情。"

如果要达成某些合意，必须在东耶路撒冷问题上做出让步，对于这一点阿拉法特议长应该是非常清楚的，但是他始终坚持耶路撒冷作为首都应该完全归巴勒斯坦所属。

漫长的中东和平谈判终于在 1993 年的奥斯陆和谈中取得了巨大进展，巴勒斯坦成立了自治政府。当时以色列方面的代表是总理伊扎克·拉宾。拉宾总理与阿拉法特议长一同获得了 1994 年的诺贝尔和平奖。但是在第二年，拉宾被一名反对与巴勒斯坦和谈的青年持枪袭击后不幸身亡，和平的进程再次受阻。

国谷："如果此时拉宾先生推门进来，您将对他说些什么呢？"

　　阿拉法特议长："拉宾吗？我永远都不会忘记他为和平牺牲了生命。如果他在这里，我大概会对他说，为了给这块神圣的土地带来和平，我将继续尽心尽力，并且我会尊重与你达成的协议。"

　　但是二十世纪中达成的这份协议并没有发挥太大的作用，之后中东地区仍然冲突不断，而亚西尔·阿拉法特也于2004年撒手人寰。我在2011年12月6日播出的"剧烈动荡：中东将走向何方②　孤立的以色列"节目中采访了以色列总统西蒙·佩雷斯。在签署奥斯陆协议时，佩雷斯先生任以色列外交部长，与阿拉法特议长和拉宾总理一同获得了诺贝尔和平奖。在那次采访中，佩雷斯先生是如此形容阿拉法特议长的：

　　国谷："您认为奥斯陆协议如今还有效吗？"

　　佩雷斯总统："如果没有奥斯陆协议，那么连和平的基础都不复存在了吧。但是这份协议并不完善。因为对方是阿拉法特议长。如果没有他，估计不会开始和谈；但也正因为有他，和谈最后不算成功。"

阿拉法特议长凭借他独特的个性和强大的领导能力带领整个巴勒斯坦走上了国家独立的道路。但他所拥有的这种凝聚力，可能也正来源于和谈时表现出的强硬态度吧。随着佩雷斯总统在 2016 年 9 月离世，奥斯陆协议的三位关键人物都不在人世了。而中东和平到今天依然没有实现。

倒退的世界

　　在柏林墙倒塌二十五年后，我们制作了两期系列节目，我也因此有机会切身体会到国际政治格局的变化之巨大。2014 年 11 月 5 日和 6 日，我们分别从柏林和莫斯科播出了节目。从柏林墙曾经的所在地柏林播出的是"站在路口的欧盟"，从莫斯科播出的是"新一轮冷战能够避免吗?"。从节目的标题也可以看出，在《聚焦现代》开播之时曾经向着理想一路疾奔的欧盟，如今因为加盟国之间经济差距的扩大产生了嫌隙，同时对欧盟持反对态度的政党的支持率不断升高。另一方面，俄罗斯与欧盟和与美国的关系都陷入了冷战以来最坏的局面，普京总统毫不掩饰对美国的不信任，明确表示即使可能会损害到信任或经济上的合作关系，也要把安全保障放在首位。

　　俄罗斯究竟为何对美国抱有如此强烈的不信任感，关于这个问题，我采访了俄罗斯联邦议会下议院的院长谢尔盖·纳雷什金。俄罗斯的这位实权派官员告诉我："承认德国统一的条件是大家约定不再继续扩大北约组织。可是如今北约组织已经扩大到了苏联的势力范围内，对此我们觉得受到了威胁。这已经威胁到整个欧洲的安全。"

现今世界各国民族主义抬头，类似本国中心主义的保守倾向日益增强，在这种形势下，究竟有没有人能不受环境影响，只一心为了国际关系的安定去发挥自己的领导作用呢？我在日本时很难有这样的机会，而如今亲眼得见欧盟、美国与俄罗斯之间深深的裂痕，不禁感叹世界似乎又回到了地缘政治学的时代。

两位嘉宾

　　如今重新看一遍节目的内容列表，从节目开播那一年开始日本社会发生的剧烈变化都清晰地呈现在眼前。在第一年快要结束的1994年3月，我们连续播出了"东京再见——经济不景气造成的离京潮"、"白领合理化——组织改革最前线"、"靠半价生存下去——这是超市的生存战略"这三期节目。

　　其中尤其令我痛心的是同年1月播出的名为"为什么小型经营者选择了死亡——丹后绉绸的故乡"的节目。如果自己死了，就可以用保险金来偿还贷款，于是一位地方产业的经营者选择结束了自己的生命。从这些节目的标题也能看出，《聚焦现代》开播不久就不得不直面一个走入灰暗年代的日本社会。我做调查助手的时候，曾经协助外国记者取材于作为日本经济强大支柱的终身雇佣、年功序列等日式企业经营方式，而我自己作为企业员工的女儿也深受其恩惠得以长大成人，可日式经营竟然这么快就发生了如此巨大的变化，在报道的同时我也不禁产生了深深的疑问。

大型企业倒闭，信用合作社解散，中小企业退出厚生年金，商业街衰败，大学生们找不到工作。节目在报道这些泡沫经济崩溃后的悲惨状况时经常邀请的一位嘉宾是经济评论家内桥克人先生。大量的不良债权、资金运用的恶化等问题造成了企业竞争力低下，并逐渐陷入了一种恶性循环，对于日本社会的这种现状，内桥先生根据他对全国地方产业的考察，深刻地分析了根本上究竟是什么在流失。此外，制造业海外转移的不断加速还引发了价格崩溃现象。很多之前习以为常的事情现在看来与其说是发生了变化，不如说是正在遭到破坏。现实如此，未来的日本社会又将是什么样子，完全无从想象。

1996 年 12 月 5 日播出的"债务由谁来负担——激增·'第三中心'的破产"的节目嘉宾是内桥克人先生。第二天 12 月 6 日播出的"廉价机票是否可能——不断成立的新航空公司"的嘉宾是竹中平藏先生。看到节目播放目录中显示的这两位嘉宾连续登场的记录，不禁感叹这也正象征了当时社会的两股潮流。之后节目邀请竹中先生担任嘉宾的次数渐渐多了起来。如"目标是个人资产一千二百兆日元"、"'区分等级'是这样实行的"、"'杜绝招待'：

日本社会要发生变化吗"、"如何看待外国金融商品——投资家保护面临的问题"。全球化、自由化和金融资本主义作为牵引经济发展的主导力量，影响力不断增强，在巨大的市场压力下，日本企业面临着可能被迫退场的压力，因此只有迅速导入海外规则和全球化标准才是生存之道，这是我们的节目中经常出现的意见，提出这种意见的旗手正是竹中先生。

泡沫经济崩溃后，人们苦苦挣扎的同时也引发了背后的相互争斗，而这两位节目嘉宾的频繁出现似乎正说明了这个问题。可以失去的与不能失去的，可以改变的与不能改变的，这一切将对个人、对社会造成怎样的影响呢？然而周围的环境不允许我们仔细思考后再做选择。之后，竹中先生在1999年4月1日播出的"退休金·企业年金的危机——国际会计标准：企业的苦恼"中最后一次担任演播室嘉宾。两年后，他成为日本经济财政政策担当大臣，进入了小泉内阁，并在2001年9月19日播出的"恐怖组织对经济的打击"中作为宣布政府对策的官员，通过转播参与了节目。

另一方面，内桥先生还继续在以雇佣问题为主题的节目中担任嘉宾。从这个主题可以看到日本社会雇佣环境在经过剧烈变化后逐渐走向恶化的趋势。

2001 年 10 月 24 日　　"再见了正式职员：主角是临时工"

　　2002 年 1 月 21 日　　"激增：签订一日工作合同的年轻人们"

　　2002 年 5 月 14 日　　"在公司中独立——个体经营者的增加"

　　2002 年 12 月 4 日　　"在高速公路上奔跑：'过劳'卡车"

　　不仅劳动者的个人酬劳降低，雇用单位的人事费用也不知从何时开始变成了可以调节的成本。在激烈的竞争中，企业竞相选择在能够降低成本、提高效率的地方从事生产。如此一来，愈发加剧了地方经济的衰退。看到越来越多的人不得不去从事那些缺乏稳定性又琐碎的工作，内桥先生重复得最多的话就是"体面劳动"。体现生存价值的工作，有尊严的劳动。内桥先生满怀热忱地讲述着它的重要性，并一直提醒我们去思考工作的真正意义。

令人震惊的派遣村

　　如果你要问我从担任《聚焦现代》的主播以来，感到日本社会变化最大的是什么，我一般会回答"雇佣"。《劳动派遣法》在1996年和1999年先后经过两次修改，原先只允许在部分职业实行的"派遣劳动"的适用范围被扩大，原则上已经完全自由化。2004年该法再次修改后，制造业也开始允许实行派遣制度，于是一时间派遣劳动者人数迅速增加。但是查看节目的播放记录就能发现，这部给人们的工作方式造成了巨大影响的派遣法，我们只在两期节目中提到过：1999年5月20日播出的"急速增加的派遣员工"，以及隔了相当一段时间之后，于2004年12月7日播出的"派遣员工能改变制造业吗?"。

　　我们虽然在节目中报道了劳动方式的多种变化，但是对于急速增加的派遣劳动造成的诸如保障制度的欠缺等问题，并没有予以足够的关注。

2008 年秋的雷曼冲击引发了全球性的经济危机，那一年年末，许多作为派遣员工在制造业生产第一线工作的人从年尾到正月这段时间无处安身，于是都聚集到一个被称作"派遣村"的地方，领取集体派发的饭食。看到这份光景，我才意识到我们竟然疏忽了对雇佣保障制度建设不完善这部分内容的关注。在 2003 年之后的五年间，世界经济以每年增长 5％的速度飞速发展，小泉政权加紧了对不良债权的处理，同时海外投资发挥的作用也越来越大。对于这种变化，社会全体表现出了积极肯定的态度，但同时保障制度等是不是就作为消极的话题被时代的空气抹杀掉了呢？这个时代出现了那么多无法过年的人，这种现实就活生生地呈现在眼前，而我们在节目里究竟都报道了一些什么内容？我清楚地记得自己当时陷入了深深的苦恼。

2009 年 10 月 7 日播出的节目"无法开口寻求帮助——现在三十多岁的人所面临的问题"讲述了依靠寄宿在网吧等地勉强维持生活的年轻人，把自己的困境完全归咎为自己的责任，因而不向外界寻求帮助的情况。在目前的日本社会，将效益不好的部门尽快撤销、让员工提早退休、重建企业，这一切似乎都被看作当务之急。但与此同时，滋生贫富差距的土壤也在迅速形成，而我们又为何没能更早地发现这一点呢？

回想起来，在最初的十年里，我亲眼目睹了许多之前再正常不过的事情一件接一件地被毁坏，并且在之后的重建过程中，所谓的问题解决对策实际上又产生了很多新的社会问题。这是我未能想象到的。日本曾是战后世界上经济实力数一数二的富裕国家，可是如今贫富差距悬殊，六个儿童中就有一个处于贫困状态；承担保育等重要公共服务的人才，到手的薪酬却不足以维持生计。

顺应时代的潮流去报道，这对作为社会观察者的媒体来说或许是理所当然的事情，但结果却提醒我们，这样做是不是太过附和社会的风向了呢？看到雷曼冲击造成的影响，不禁自责，究竟为何没能用更广阔的视野去看待问题，为何没能及早从弱势群体的角度出发，意识到构建新制度的必要性。这一切值得深思。

观众越多，报道节目越容易受到各种社会潮流的影响。为了满足人们的需求，媒体逐渐成为大众声音的代言人，可是如果这样发展下去，再想要驻足观察时代前进的方向只会越来越难。逆风而行的报道真的很难做到吗？

泡沫经济崩溃的影响逐渐显现出来的时候，《聚焦现代》正式开播，所以节目的历史与日本"失去的十年"、"失去的二十年"是恰好重合的。虽然我们对一些眼前的问题给予了关注，也一直在摸索解决的对策，但我还希望能用一种长远且更加广阔的视野去发现问题。

尾巴牵着头走

　　另一方面，对于给人们的生活造成了极大影响的世界经济，《聚焦现代》就其动向和构造进行了详细报道。例如美国日益增多的面向还款能力较低人群、以住宅为担保的次级贷款的危险之处，以及起源于美国、由雷曼冲击引起的世界金融危机的形成机理等，为了深入说明这些复杂的经济动向，我们将平时二十六分钟的节目延长到七十三分钟，在2008年播出了三期特别节目。

　　2008年1月7日　"2008年：经济新动态"

　　2008年8月26日　"令人震惊的全球性通货膨胀——世界经济的转型：日本将何去何从"

　　2008年12月18日　"前所未有的危机：日本经济能否渡过难关"

在一年中有三期节目都把时间延长到接近原来的三倍，这是非常罕见的。

不知从何时起，与实体经济相比，利用金融工程学迅速形成的巨额资金对世界经济造成了极大的影响。我记得当时在节目里数次提到"尾巴牵着头走"这句话。

此外，在日常的节目中还有 9 月 22 日播出的"来自美国的金融危机能阻止吗"、11 月 10 日播出的"金融危机可以克服吗——欧洲的探索"等。这一年里，我们的节目多次报道了全球化金融经济给世界带来的混乱，并持续向观众提供到目前为止很少有人提及却极为重要的视点，即人们所遭遇的这一切其实是由危机管理难度日益增大的金融市场的活动造成的。

如今，世界各国都存在着经济差距不断加大、财政赤字日益严重的问题，有不少评论认为曾经强有力地牵引着经济成长的资本主义已经走到尽头。以前文提到的三期特别节目为首，《聚焦现代》其实在较早阶段就已经提出了资本主义面临的种种问题，并揭示了它即将走到尽头的征兆。

找寻"黯然的自言自语"

以"地方活性化"为主题的节目中邀请的一位研究者使用了"地区黯然的自言自语"这个说法。那是在2003年6月24日播出的节目"农村也有机会——不断增加的女性创业"中提到的：实现地方活性化的关键，是要去倾听生活在地方每一个角落的人们的"黯然的自言自语"。这是个重要而又新鲜的说法。此后，我们也把倾听这种声音看作报道节目所应该发挥的作用，对这个说法分外重视。

《聚焦现代》在节目中一直密切关注诸如地方自治政府财政陷入困境、各地区地域经济缺乏活力、商店街萧条冷清，以及随着人口老龄化速度的加快无法保证持续提供居民所需的行政服务等问题，对地方活性化与行政的存在方式提出疑问，并经常与节目嘉宾新藤宗幸先生一起讨论地方自治的本质。地方自治政府也在积极地向居民公开信息，通过协商达成共识。用心去倾听那些人才和资金都严重缺乏的地区，便能听到生活在那里的人们的"黯然的自言自语"。

例如，地方货币是政府为解决地域经济不流通的问题而推出的对策。又如，面临着人口的不断减少，为了让老年人也能感受到生活的意义，于是将在本地生活的女性自己做的"烤馅饼"产业化。此外，在某些公交车路线等公共交通被取消的地区，出现了由当地居民提供的"合乘出租车"。居民的相互帮助和共同努力，加上地方自治政府的支持，催生了很多全新的问题解决对策。

作为新闻媒体，首要的功能是对权利的监督，但同时对社会弱者发挥感受力和想象力，使社会全体对他们的艰辛形成共识，广泛宣传弱势群体所面临的问题，这些也是我们必须履行的义务。曝光地方存在的问题，以便向社会全体公平地传达信息，并提供一个空间让大家去思考为了解决问题应该把什么放在第一位、究竟需要怎样的智慧，也都是新闻媒体的重要功能。二十三年的工作经验是如此告诉我的。

此外，贫富差距不断扩大造成了单身母亲和儿童的贫困，诸如此类的"黯然的自言自语"正在向整个日本社会蔓延，毫无遗漏地去倾听这一切，也是新闻媒体的工作。

我希望能发现现代社会中孕育的新生事物，然后尽可能地用新鲜的语言去"定义"它，再与观众一同思考其中包含的新问题。这同样是《聚焦现代》最主要的目标。不知过往二十三年的努力最终将这个目标实现了几许，还是衷心地希望这种想法能成为新闻媒体的一个基本理念，继续保留下去。

东日本大地震

　　东日本大地震发生的时候，我正站在自家附近车站的站台上等候电车。因为是周五，那一天节目休息。并且从下周开始，《聚焦现代》将进入春假停播期间。

　　站台的一侧停着一辆电车。我突然感到一阵剧烈的摇晃。我还记得当时车站的工作人员在广播里高声喊道，可能会有东西从上面落下来，请大家注意安全。于是我飞快地跑进了那辆停着的电车里。向窗外看去，发现我经常去的那家荞麦面店似乎比周围的建筑左右摇晃得更加猛烈，心里不禁祈祷他们没有在用火。

　　虽然我也感觉到这次的地震强度不同以往，但是情况究竟有多么严重，在当时是无从知晓的。等摇晃稍微停下来一点，我决定不去市中心，准备回家，但我刚走了几步，又传来一阵巨大的晃动。

　　到家后，我立刻打开了电视，不一会儿就看到了电视里转播的海啸逼近的画面。或许是因为空中直播时直升飞机引擎声的影响吧，海啸异常安静地向陆地涌去，令人感受到一种说不出来的诡异，仿佛一根长线从海岸线涌向内陆，仅从这个画面并不能看出实际的破坏力有多巨大。不知道在海啸浪头前疾驰的那辆车有没有逃过一劫。我注视着电视画面，心如刀割，甚至不由自主地产生了一种罪恶感，因为对于这一切，自己只能做一个旁观者。而那些在现场拍摄的摄像师，还有在电视里播放这些画面的新闻中心的工作人员，想必他们一边进行着实时报道，一边希望眼前人群被海啸吞噬的画面不是现实，希望人们能够逃离现场。他们就是在这样一种激烈的心理斗争中报道这次海啸的吧。

电视画面的威力大到可怕，可以在一瞬间夺走人们所有的想象力。但另一方面，电视并不能完整地反映出全部实际情况。关于这一点，我在阪神·淡路大地震时已经有所体会，后来去到海啸的受灾地区时，又再一次认识到这个问题。整片地区都被海啸无情卷走，房屋全部摧毁，只剩下高地上几栋孤零零的房子。以往的生活区如今一片狼藉，只有废墟中散落着的厨房用品和衣服仿佛在提醒人们这里曾经有人生活过。自卫队队员在废墟里默默地搜寻着遇难者的遗体。海啸的破坏力是如此之大，一旦被卷入怕是半分回转的余地都没有了吧，想到这里，油然而生的恐惧让我不寒而栗。尽管这一次是电视首次通过现场直播报道海啸，我还是深刻地感受到了画面传播的局限性。

　　各大电视新闻保持二十四小时不眠不休连续报道受灾情况，NHK也一早播出了《NHK特集》。《聚焦现代》开始报道东日本大地震的相关内容是在地震发生后的第十天，2011年3月21日。由于节目内容扩充，再加上春季特别调整期间节目暂时停播，所以在那一段时间里，《聚焦现代》看上去好像在袖手旁观一样。但是事态如此严重，节目会紧急召唤我回去的吧，我也必须尽快回去。正这么想着，我就接到了节目组紧急提前开播的通知。

核泄漏事故报道

　　即使已经到了地震发生后的第十天，受灾情况还没能被完全掌握。死亡人数和失踪人数依旧不明，每天都在增加。并且，由于福岛第一核电站的一号机、三号机和四号机的建筑发生爆炸，大量放射性物质泄漏并随风向传播到了核电站的西北方，导致大片地区遭受放射线污染。

　　地震发生不久后，关于这次的核泄漏事故一时间众说纷纭，大家都无从判断真伪。住在附近的一家德国人立刻不见了踪影，美国朋友告诉我美国大使馆计划安排距离事故现场半径八十公里范围以内的美国人撤离避难。而日本政府是建议半径三十公里以内的居民进行避难，与外国政府公布的信息有出入，那么究竟应该相信哪一方呢，我自己也毫无头绪。包括 NHK 在内，其实媒体里有不少人一早就推测，地震和海啸造成的停电可能引起了核熔毁。但是，在媒体特意花费时间去直播的政府、原子能安全保安院和东京电力召开的记者招待会上，人们只听到被反复强调的"安全"这个乐观的回答。随后农作物和自来水中被检测出放射性物质，国民笼罩在一片不安之中，而此时政府强调的仍然是"这个数值不会立刻对人体或健康产生影响"。网上不时有专家对此提出反对意见，但媒体报道并没有对这些意见进行多角度的验证。

那么《聚焦现代》又采取了一种什么样的姿态呢？尤其对于那些可能受到核泄漏事故伤害的人们，我作为主播有没有很好地应对事态的发展，从而给他们提供正确的信息？2012年1月，在瑞士召开的达沃斯会议上，我曾经问地震发生时的官房长官枝野幸男先生，为什么没有考虑从一开始就把避难区域设定到更大的范围。他的回答是："我们必须考虑到可能因此引发的恐慌。"面对之前从未经历过的7级核泄漏事故，政府害怕引发恐慌，媒体担心自己的报道会造成混乱，所以更愿意选择安心安全的信息进行报道。而我作为其中一员，在如此紧急的状态下，究竟该如何去实现自己追求的多角度的报道呢？我至今仍在苦苦思索。媒体信息被封锁，是不是根本没能为人们提供行动所必需的多角度的判断依据呢？媒体在紧要关头更应该发挥作用，而这一次是否伤害了人们对它的信任呢？对此我深感忧虑。

核泄漏事故可能会造成日本东部的广大地区无法继续

居住。根据"预防原则"，应该预先设想最坏的结果，以便更好地保护人们；但是另一方面，为了避免引起恐慌，也需要控制一部分节目中对受灾情况的预测，媒体就是在这两种想法之间左摇右摆。我认为我们只有时刻关注政府和当事人发布的消息，在此基础上向观众提供综合性的信息，并且尽可能地做出判断，当然问题是依然存在的。

医生的话

　　在《聚焦现代》播出的关于东日本大地震的节目中，有一期采访给我留下了深刻的印象。那是在地震发生二十天后的 2011 年 3 月 31 日播出的"心理危机：救救受灾人群"中对南相马市原町中央妇产科医院院长高桥享平先生的采访。南相马市在距事故现场半径三十公里圈内，高桥先生的医院距离第一核电站大约二十五公里。由于核泄漏事故的影响，整个地区人心惶惶，高桥先生却选择留在当地，继续在诊所为居民诊疗。我们在演播室里通过电话连线进行了采访。演播室里响起了高桥先生平稳而淡然的声音：

　　　　海啸来的时候，大家聚到候诊室里，说着"得救了"、"终于见到你了"，是带着一种欢欣鼓舞的。可如今再看看这里，没有一个人说话。大家都沉默不语，不想对任何人说任何事情，是在默默承受吧，又或者是真的太伤心了。病人们回去的时候，看着他们的背影你就能发现，肩上的负担太重了。在这个地区，不仅仅是海啸，当然其他地区也面临着同样的问题，如失去父母、失去亲人、认领尸体，以及办理后事、火葬。到底要不要避难，或是选择继续留在家里。短时间内所有这些问题都被放到眼前，你根本没有逃避的余地，人们非常迷茫，究竟要做什么、该怎么做。因为在某一天，自己生活的这个城镇突然消失了。所有物流停运，没有汽油。店铺里也是空空如也。在这种情况下，人们感到恐惧，觉得在这个地方生活不下去了。因为无论我们要什么都没有人给我们运过来。这里就像是陆地上的孤岛，只剩下孤独无助的人们，到这里是危险的，从这里出去的人是被污染的，类似这样的态度太过明显了。就是在这种环境下，大家拼命地努力坚持到现在。有不少人在 NHK里看到我的身影，就想"如果院长你在的话那我也回来吧"，于是又返回这里，也让我意识到我这样做可能会对人们形成一种很重要的心理慰藉。人们真的太沉默了，面临太多的问题而无从开口。在这个时候，一旦你打开某个开关，就像轮胎爆炸一样，大家会爆发式地开始哭泣。因为那些痛苦的记忆又都涌上心头。我会去倾听他们的诉说，然后有病人抱着我说"有院长在太好了"。这次不只是发生了一场灾害那么简单，人们面临着很多他们从未遭遇过的严重问题，也体验了很多以前从未经历过的事情。因此对人们的心理慰藉也必须是多方面的，其中第一步我认为应该从面对面的信息交换开始。

这次的采访没有任何图像，只有声音在娓娓道来，却让我们清楚地认识到了受灾地区正面临着的严峻现实。我没有在中途提问，只是静静地听着。从来没有听过如此真切而有说服力的声音。

然而，就在这次采访结束几个月后，高桥先生被诊断为癌症末期，但他仍然坚持留在南相马市为人们诊疗。2013 年 1 月，高桥先生离开了我们，享年七十四岁。

持续报道

　　这次的核泄漏事故究竟给社会带来了怎样的思考？《聚焦现代》通过对福岛县浪江町居民的追踪报道，关注着事故对受灾人群造成的影响。浪江町整个地区被政府指定为要求避难的区域，其中80％以上面积因为放射性辐射值过高被认定为"归还困难区域"。为了鼓舞分散到全国各地去避难的居民，浪江町制定了一个名为"大家一起回到町里去"的目标。

　　其实在东日本大地震发生的前一年，《聚焦现代》曾经在2010年9月28日播出的"美味便宜又罕见　'B级美食'拯救全町！？"中报道了浪江町年轻一代的带头人——商工会议所青年部的成员们发起的"浪江炒面"活动。《聚焦现代》就是以当时在节目中采访过的那些人为线索，对地震发生之后浪江町居民所面临的苦恼进行了长期关注。

2011 年 4 月 7 日 "不想失去这个町——福岛·浪江町：核泄漏事故的避难者们"

2011 年 5 月 11 日 "我们的家乡将会怎样——福岛·浪江町：面对着核泄漏事故的人们"

2011 年 9 月 7 日 "如何让这个町继续存在——核泄漏事故避难者们面临的抉择"

2012 年 9 月 11 日 "何时解除核泄漏事故避难：町政府与居民的苦恼"

2014 年 2 月 26 日 "何处是归处？——核泄漏事故避难三年·浪江町的选择"

2016 年 3 月 8 日 "东日本大地震系列节目——浪江町民众：各自的选择"

町政府原先的目标是 70％的居民回到町里，但在地震发生五年后，回答"回去"的人只有 17.8％，48％的人选择了不回去。

节目追踪报道的居民中有一个重要人物，那就是一边经营铁工事务所一边继续坚持"浪江炒面"活动的八岛贞之先生。他的个人标志是在举办炒面活动时的那一身装扮，总让人联想到拿破仑。2011 年 5 月，我们在福岛播出的节目邀请了八岛先生。身材高大魁梧的八岛先生一见到我们就流下了眼泪，很长一段时间里只是哭泣，说不出话来。我永远也忘不了当时的情景。尽管失去了与父母及家属相伴的平稳生活、维持生计的事务所以及一直以来的生活圈，八岛先生仍然坚定地相信终有一日可以回到浪江。

在后续报道中，八岛先生为了将家里的铁工事务所维持下去，暂时与家人分开，开始一个人生活。他向一起举办炒面活动的朋友表达了活动已经难以进行下去、打算停办的想法。对于八岛先生的话，他的一个朋友也表示了相同意见，认为大家在努力重建的是一个连自己都不再居住的地方。"浪江炒面"活动是为了重新回到町里，才这样一路坚持下来的。他们的话语令人感到无比沉重。节目嘉宾山田洋次导演在看过这些报道后说："即便不能做到完全一致，但对于那些因为核泄漏事故、放射线污染而历尽艰辛的人们，能否尽一切力量去想象他们生活的每一个细节，这是对我们的考验。"

瞬息万变的时代似乎正在加速向前。也正因为如此，持续关注那些深怀对家人、朋友和故乡的思念之情，苦苦度日却看不到未来的福岛的人们，难道不是媒体应该承担的重要责任吗？

终章

为《聚焦现代》的二十三年画上句号

最后一期节目结束后，与柳田邦男先生
及节目组的工作人员在一起

发现新课题

《聚焦现代》在节目中讨论了各种各样的问题，最近这几年我个人比较关注的是有关女性与工作的话题，即如何才能营造出一个可以让女性发挥更大作用的社会环境。

这二十年来，日本国民的平均年收入减少了一百二十万日元，企业员工的工作不再稳定，曾经有一半以上的家庭只要一个人工作便能维持生活，但从二十年前开始，夫妻两人都工作的家庭占比已经超过了前者，可见女性工作成为时代的常态。然而在另一方面，泡沫经济时期女性的正式员工雇佣比例是 70％，即使在二十年前《聚焦现代》开播时也能达到 60％，但是现在这个比例已经降到 40％左右。我们振臂高呼要提高女性社会活跃度，可薪酬低廉的非正式员工雇佣比例在不断增长，女性实际面临的环境更加严峻。

在《聚焦现代》播出的这个时代，雇佣关系不稳定，社会中间层逐渐缩小，少子老龄化的倾向日渐加剧，日本企业的竞争力相对低下，突破性的新产业迟迟不见出现，一种压抑闭塞的氛围长期笼罩着日本社会。在制作节目时，我自己也常常不由自主地变得沉重起来。

给我的这种心情带来转变的是 2010 年在东京新宿召开的一次国际女性会议。会场上，来自世界各地的几百位女性政治家、经营者和政府官员聚在一起讨论，气氛热烈。"女性活跃的企业才更具竞争力"、"组织结构多样化的企业才能孕育革新"、"女性经营的公司能创造出更好的工作环境，这不仅是针对女性，也包括男性在内"。这些声音让人有醍醐灌顶之感。我们的节目在此前并没有关注过这方面的动向，所以每一句发言对我来说都是那么新鲜又进取，惊喜连连。

那为什么诸如此类的女性活动没有进入《聚焦现代》的雷达扫描范围之内呢？原因很简单，节目制作现场的女性工作人员太少了。《聚焦现代》的节目制作现场是绝对的男性社会。尤其是在有决定权的位置上根本没有女性的身影，所以女性的视角和意见都很难在节目中有所反映。

而我为了应付自己的工作已经是焦头烂额。因为急切地想要获得大家对我主播工作的认可，我全力配合制作人员的时间安排，积极参加各类会议，即使是凌晨的节目录制也从无怨言，一向准时参加。身在以男性为中心的报道组织里，只有让自己尽可能地去配合，我似乎并没有怀疑过这种工作方式。而就在此时，有机会走到 NHK 外面看看，才发现那么多拥有共识的女性聚在一起热烈地讨论着问题。我在这里找到了新的方向，认识到作为女性，必须自己主动提出问题。于是我把在女性之间的交往中，以及在亚太经合组织的女性会议、瑞士达沃斯论坛等场合中学到的内容作为主题，与女性导演和主要制片人一起提出了新的节目方案，并最终得到采纳，在节目中播出。

那是 2011 年的第一期节目，1 月 11 日播出的《聚焦现代》七十三分钟特别版，名为"女性经济学将改变日本"。

2012 年，我们又制作了"改变社会的女性创业"和"深入报道：女性创业者一千万日元创业金大赛"。尤其值得一提的是 2012 年 10 月 17 日播出的"女性能拯救日本吗?"，这期节目再次延长到七十三分钟，国际货币基金组织总裁拉加德女士作为嘉宾，在节目中亲自介绍了该组织刚刚制作完成的面向日本的报告《女性能够拯救日本吗?》，指出如果激发出女性的潜能，日本的人均国内生产总值将比现在增加 4％ 至 5％，通过具体数据有力地说明了女性的社会参与才是日本成长的关键。

不放弃任何一个人

　　担任《聚焦现代》主播期间，我经常在节目中讨论各种问题的解决对策，在这个过程里有时会发现，其实很多问题都存在着千丝万缕的联系，本质上是深刻关联的。一个问题的解决又造成了一个新问题的诞生，这样的情况也时有发生。

　　就在这种体会日渐加深之时，2015 年 9 月，我有机会前往成立七十周年的联合国大会采访。在这次会议上，我听到了全体成员国刚刚表决通过的"联合国可持续发展目标（Sustainable Development Goals，简称 SDGs）2030"的相关议程。这包括十七个目标和一百六十九项具体任务，以"不放弃任何一个人"为口号，决定由全世界综合地、统筹地去解决有关经济、社会和环境等多方面的问题。其目的并不只针对个别问题的解决，而是重视各个问题之间的相互关联，通过统筹安排让一个问题的解决带动其他问题的解决，可见这是一个宏大的、决定今后世界存在方式的重要举措。

然而，在联合国提出这个SDGs构想、全体成员国表决的背后，横亘着三大问题。第一，早在2000年通过的以消灭贫困饥饿为目的的"联合国千年发展目标"原定以2015年为期限，但是现在还有很多目标没有实现，需要继续完成。第二，禽流感和埃博拉出血热等传染性疾病、国际恐怖组织的频繁活动等新的世界问题也迫切需要解决。

而最大的问题是，人们认识到了地球所具有的维持人类生命的机能已经到达极限，产生了地球这个系统如此下去很快就将面临崩溃的危机感。全球温室效应的急速加剧就是一个典型的例子，人类自身的行为正在不断破坏自己赖以生存的地球环境，这个残酷的现实引发了人们的危机意识。这种说法也让我感到了新的冲击。

有人提出，为了实现SDGs，生活方式的改变等，将对商业以及地区发展形式等所有领域造成极大的影响。虽然联合国在相当一段时间之前就已经开始对SDGs的内容进行讨论、做相关准备工作，但我是在为2015年9月召开的联合国大会取材时才注意到这个问题的。

在2015年9月29日播出的"联合国七十年②——目标是不放弃任何一个人的世界"中，我采访了制定SDGs2030议程的关键人物之一，时任联合国秘书长特别顾问的阿米娜·穆罕默德女士。穆罕默德女士的发言令我终生难忘。

"地球即使没有了我们人类也仍然可以继续存在下去，但我们没有了地球就将无法生存。首先消失的是我们人类。"

世界的脚步是如此之快。一方面女性的社会参与问题正在逐步得到解决，而另一方面人们对地球将无法维持人类生活的危机感也在不断加强。《聚焦现代》尽己所能地将这些最新的动向传递给观众。而我自己也因此获得了新的感悟，并找到了自己未来的目标。

年末的解聘通知

2015 年 12 月 26 日，这一年仅剩下为数不多的几天。而就在这一天，《聚焦现代》管理部门的负责人告诉我，他们决定不再与我续签 2016 年度的节目主播合同。我是通过与 NHK 签订一年或者三年的演出合同在《聚焦现代》担任主播，所以到目前为止，每年 12 月末他们都会通知我更新下一年度的合同，就这样持续了二十三年。如果 NHK 告诉我不再更新合同了，那就意味着我在《聚焦现代》的主播生涯到此结束。

不再更新合同的理由是根据已经决定的节目改版方针，《聚焦现代》变为晚上 10 点播出，因此节目内容将重新调整，主播也随之更换。在最近几年里，随着问题的日益多样化，我越发感到没有充裕的时间去寻求问题的解决对策。需要阅读的资料比以前增多了，而观众也在期待着更加多元的视野和更为深刻的分析。我参与这档节目的制作长达二十三年，但如今并没能做到驾轻就熟，相反工作压力越来越大，身心倍感疲惫。出于对身体健康的考虑，我也想过什么时候自己会提出辞职。然而在那之前，我被解聘了。

只是我完全没想到解聘的理由是节目的改版。我不由得想起最近这一两年《聚焦现代》发生的种种。对肯尼迪大使的采访，对菅官房长官的采访，有关冲绳基地的节目，以及"出家诈骗"报道。

在我被宣告解聘的一个月前，也就是 2015 年 11 月，节目制作组提交了希望 2016 年继续延长主播合同的建议。此外，我后来还听说，对于上层要求更换主播的指示，和我一起制作节目至今的制片人们一直到最后一刻都在强调：即使节目变为晚上 10 点开始，即使节目内容改版，也希望不要更换主播。这些事情让我由衷地觉得这二十三年主播生涯是值得的。也正是这种心情支撑着我坚持到 2016 年 3 月最后一期节目的那一天。

最后的问候

    3 月 14 日　"女性的战争——不为人知的性暴力现状"　嘉宾：扎伊娜卜·哈瓦·班古拉，联合国秘书长特别代表

    3 月 15 日　"没有工作的世界要来临了吗!?"嘉宾：广井良典，千叶大学教授

    3 月 16 日　"恐怖势力扩张的时代——世界应该如何应对"　嘉宾：池内惠，东京大学副教授

    3 月 17 日　"战胜苦痛——年轻人们，吹向未来的风"　嘉宾：柳田邦男，作家

以上是从 2016 年 3 月 14 日开始，也就是我担任《聚焦现代》主播最后一个星期的节目安排。这些内容和嘉宾人选恰好地反映了《聚焦现代》在这二十三年里做过的和

想要去做的事情。我也从中感受到了节目组工作人员的真挚心意。

2016 年 3 月 17 日,《聚焦现代》第三千七百八十四期节目"战胜苦痛——年轻人们,吹向未来的风",这是我最后的"前说":

在时代的巨大变革中,许多习以为常的事情变得不复如此,"失去的十年"也不知不觉变成了二十年。随着全球化进程的加速,在激烈的价格竞争中,企业不得不提高成本意识,于是选择了扩大可以精简人员、自由调整人事费用的非正式雇佣的比例。

在如今这个时代,大人们曾经相信的事情正不断发生着变化。而在日本经济发展开始走下坡路时出生的年轻人们,对于"失去的二十年"并没有十分真切的体验。日本内阁府以十三至二十九岁人群为对象实施的调查结果显示,日本回答"对将来充满希望"的年轻人的比例是最低的。这些年轻人看起来内向、不关心政治,即使被社会伤害也认为是自己的责任,只是一味自责。但我们也能看到,在内阁府的另一份调查中,二十多岁的年轻人里有接近一半的人认为与自己的生活相比,应该更多地去关注国家与社会。这说明越来越多的年轻人希望通过为社会做贡献来获得满足感。

　　然而，激烈的竞争、管理的强化、不得不与众人保持一致的压力，这些因素的存在造成人们在这个社会里并不能简单地去发声、去行动。在今天的节目里，我们要关注的是那些自己主动发出声音、为了战胜眼前的苦痛开始积极采取行动的年轻人们的志向。

　　对于《聚焦现代》最后一期节目的主题，相关工作人员在两个月前就开始讨论，并征求了我的意见。比如是不是可以安排一次时间充裕的采访，如果这样，邀请谁做嘉宾？又或者不用特别在意这是最后一期节目，就以一种自然的方式结束。工作人员们怀着对节目的深厚感情，反复认真讨论这个问题，对此，我发自内心地感到高兴。虽然我对他们说"不要因为是最后一期节目就刻意考虑一些特别的事情，我想像往常一样播出节目，然后自然地结束"，但心里还是希望能给观众留下一些"善言益语"。不过我并没有过多地参与工作人员的讨论。因为一旦我自己开始考虑最后一期节目的内容，一定会想到还有太多太多的问题需要去关注，那可能就更舍不得离开节目组了吧。

　　但我心里开始思考，在我担任节目主播这接近四分之一个世纪的时间里，究竟是什么发生了最大的变化？我的答案是，经济被放到了第一位，而人成为了降低成本的对象，并且每一个人都轻易地被社会变动所掌控，在很早的阶段就产生了一种不安，认为自己大概是无法实现理想人生了，把自己看作非常弱小的存在。对抗组织、对抗社会的生活是极其艰辛的，能做到的只有遵守法规，加强危机管理。我们的节目多次强调过，当企业发生问题时，上面这些想法是很重要的，所以我在这里写出来不免感到些许内疚；但我还是想说，我们难道不是一边口头喊着要重视每一个人的个性，一边却通过强化组织管理让一种"不宽容的空气"渗透到了整个社会吗？就连《聚焦现代》，与开播时相比，我也能清楚地感受到那种"不宽容的空气"一点一点渗进了电视报道。

最后一期节目的"前日试播"会上，计划在最后一期节目中播放的 VTR 报道里作为主人公登场的，正好是在节目开播那一段时期里出生的年轻人。我已经事先看过相关资料，了解了他们各自的活动，但是当实际在录像中看到他们每一个人时，我还是忍不住一阵雀跃。越来越多的年轻人开始自己主动去思考社会问题、宣传自己的想法并付诸行动，这样的节目内容让人感受到一种新的时代浪潮。例如致力于解决地方问题的团体，创造了一种全新的金融体系，可以使资金流向个人的非营利组织银行，以及揭露黑色企业并为年轻人提供咨询的非营利组织。我想，这些年轻人有疑问就提出质疑、勇敢面对社会问题的鲜明态度如果通过节目传播到全国，应该能激励一批想要"自己也行动起来"的人吧。自己思考、联合、行动，这是从"黯然的自言自语"中诞生的希望。在我看来，这也是符合《聚焦现代》一贯风格的结束方式。

八条忠告，送给危机四伏的
日本社会中的年轻人

　　担任最后一期节目嘉宾的柳田邦男先生，从前一天开始就在思考自己想要传达的信息，并在节目播出当天下午三点过后，通过传真发过来四页手写的文稿。里面写着"送给危机四伏的日本社会中的年轻人的八条忠告"。我们在节目里介绍了其中的四条，但我认为这些意见都非常重要，所以就把原文的八条保留了下来。经过柳田先生许可，我把它们完整地写在这里：

　　一、形成自己思考的习惯。确保驻足思考的时间。培养不受感情影响的理性思考能力。

　　二、对于政治问题和社会问题相关信息（报道），培养洞察其本质的能力。

　　三、尽可能去理解他人的心情与想法。

四、懂得世界上存在多种多样的想法。

五、掌握恰当的表现方法。努力让他人准确地理解自己的想法。

六、即使是小事也要自己主动行动，与人的广泛交流是梳理内心、丰富人生的最佳方法，理解这一点并付诸实践。尤其注意去实践如志愿者活动等服务他人的事情，可以看到那些隐藏在社会底层的现实。

七、铭记"现场"、"现物"、"现人"（有经验的人、有关联的人）才是活跃思维的最好的教科书，提醒自己主动接近这些事物。

八、即使失败或碰壁也无需失望甚至绝望，珍视自己的想法，继续脚踏实地地行动。

此外，笔记中还有如下说明：

三千多期的努力，是报道机关社会认知的积累，是知识的财产。这可以说是对如何解读信息深层问题、如何进行主体思考及如何表现等课题的一种挑战模式。

最后一期节目只播放了一段 VTR 报道，时长十四分三十八秒。报道结束后是柳田先生与我的对谈。那一天，柳田先生的回答比以往都要简短，我一边听着他的回答，一边可以非常自然地把脑海中不断涌现的问题继续提出来。我并没有特别在意这是最后一期节目，只是由衷地感到欣慰，能够与柳田先生一起向社会发送了精彩的信息，同时也迎来了节目结束的时刻。于是我向观众送上了最后的问候。

　　我担任了二十三年主播的这档节目，今晚是最后一期。在此期间，观众给了我无数鼓励，也包括批评和劝告。《聚焦现代》于平成五年开播，在之后的岁月里，尽管为了捕捉国内外剧变的深层因素和无声而至的"新风"而每日手忙脚乱，我还是希望能进一步地去剖析这个日渐复杂、不易看透的现代社会。我就是怀着这样一种想法参与节目制作至今。

　　在二十三年后的今天，虽然有些在意我的那些想法是否很好地传递给了观众，但与此相比，节目能够坚持这么长时间，我要感谢的是那么多位嘉宾的鼎力相助，以及来自收看我们节目的观众们的支持，这是最为重要的。长久以来真的非常感谢你们。

节目到此结束。

确认过监视器的画面之后，我向柳田先生和演播室里的工作人员表示感谢。然后，演播室的门似乎又像往常一样被从外面打开。

再次想起哈伯斯塔姆的警告

在本书第一章我曾经写过，我采访的第一位日本政治家是宣布从日本自民党退出的羽田孜先生。在现场直播时应该问什么问题，是不是会受到一定的制约，在节目开始前我怀着种种担心和疑问，没想到节目组的制片人们给我的提问建议深刻而直接，打破了我对 NHK 政治节目抱有的成见。

如今二十多年过去，在最近这两三年，却有越来越多的情况让我不得不去思考，何谓报道节目的公平公正。《放送法》明文规定，对于存在争议的问题，应该尽可能地多角度阐明观点；并且要保持政治的公平。NHK 历来的做法是在节目整体构成中确保公平性，而非强调在每一期节目里都要保持平衡、保证公平。换句话说，NHK 的方针是通过 NHK 放送整体向观众传递多角度的意见，并不需要在每一条新闻报道或每一期节目中时时刻刻以并列的方式展示不同的看法。

在很长一段时间里，我可以非常自由地进行采访并在节目中发表评论，需要注意的就是为了保证对观众的公平，在提出问题时必须明确自己的立场，即节目究竟是从谁的角度出发来看待问题的。去冲绳报道基地相关问题时，我们就明确表示是从背负着过重负担的冲绳人民的角度来讨论这个问题的。关于基地问题，既然整点新闻等节目不时会播报政府的方针政策，那么即使《聚焦现代》重点报道了冲绳人民的声音，NHK内部也没有听到认为这样做违反了公平公正原则的批评。这才是NHK应该有的公平公正的态度，长久以来我就是这么理解和工作的。

但是在这两三年里，我之前所理解的新闻与报道节目的公平公正似乎正在受到一种与以往截然不同的风向的影响。在这影响下，NHK内部的空气也开始慢慢发生变化。例如《特定秘密保护法案》在社会上引起了广泛议论，我们却最终没能在节目中进行相关报道。还有被称为战后安全保障政策的巨大转变、作为2015年国会最大的焦点问题引起舆论一片哗然的《安全保障关联法案》，该法案获得参议院通过后，我们的节目也仅报道过一次。

最后一期节目结束后，应媒体的取材要求，我发表了以下评论：

自从在二十三年前遇到《聚焦现代》这个节目，我似乎是向着一个看不见的终点一路奔跑至今。世界处于持续剧变的时期，因此对事物的表述也越来越难，但是从今天开始，我的人生又步入了新的阶段。通过这个节目我认识了很多人，并从他们那里学到了很多东西，这些宝贵的经验我都会活用到今后的工作和生活里。

由于贫富差距等原因造成的社会断层，加上政府的财政困难以及经济发展的持续低迷，一个问题的解决往往又会引发另一个问题的产生，问题之间相互关联，因此想要就问题的解决方案达成一致意见也变得难上加难。但正是在这种情况下，提供"信息的平台"，促使人们去思考、去讨论的报道节目就显得更加必要。在日显闭塞的社会里，《聚焦现代》也因为促进合意形成、提供讨论平台而显示出了节目存在的意义。

哈伯斯塔姆在二十三年前就忠告我们要警惕电视的过度娱乐化。我听说在美国，报纸、电视的记者和编辑人员被大面积裁减，并且需要花费大量时间和费用的调查报道在大幅减少。日本今后也难免会有同样的倾向。在当前这个个人命运被时代玩弄于股掌的年代，每一个人在思考未来、即使是为自己选择生存方式的时候，都需要获得长期的、多角度的信息，以便清楚地俯瞰自己所处的位置。如今电视报道节目的任务就是要满足人们的上述需求。同时，对于二十三年前哈伯斯塔姆发出的警告，我们有必要重新去细细体会，而当下便是最好的时机了吧。

后　记

2016 年，我从连续担任了二十三年的《聚焦现代》主播的位置上走了下来。而这一年，英国《牛津词典》选出的年度词汇是"post-truth（后真相）"。在日本，这个词被译为"后真实"或者"脱离真理"，用来形容与客观事实或真相相比，人们更容易被情绪化的表达方式所感染，因而对舆论的形成造成极大影响的现象。这个词据说是在英国举行决定英国是否退出欧盟的公民投票，还有特朗普当选美国共和党的总统候选人时开始广泛使用的。浮于表面的语言和虚假的信息肆意泛滥，条理的混乱受到纵容，粗暴的用语飞扬跋扈，在这种情况下，力图报道事实和真相的媒体的影响力却日渐低下。如果整个社会发展为不论有无确切根据，一味追随情感上容易接受的信息，那么基于事实做出判断这个民主主义的前提条件将受到根本性的动摇。

越来越多的人习惯了从互联网获取信息，但是这类人群表现出一种倾向，那就是只愿意接触感情上容易产生共鸣的信息，结果失去了广泛了解不同意见的机会；并且随着接触反对意见的机会不断减少，还会导致无法俯瞰全局、难以发现事物背后隐藏的事实，而社会分层也将因此进一步扩大。

在报道节目的制作过程中，我始终相信语言的力量，并且注重事件的丰富性与深度，以及对全局的把握。正因如此，当我发现虚假的信息和语言变得比事实更具现实力量，在震惊的同时也不免产生了深深的忧虑。

新当选的美国总统特朗普更是完全将媒体看作"多余的过滤器"，通过社交平台直接向民众发布信息。但其实在"post-truth"肆意横流的当今世界，新闻媒体传播事实、监督权力的功能变得更加重要。如果在接收到的信息里虚假事实越来越多，那么对于做出的决定可能会给人们的生活造成很大影响的那部分人所发布的信息，我们也都必须认真地去推敲其真实性和发言根据。为了验证那些既定的政策和经营战略，"问清楚应该问的问题"不就显得越来越重要吗？我相信新闻媒体只有把这种姿态坚持到底，才能推翻对民主主义构成威胁的"post-truth"横行的世界。

在节目刚开播的时候，我一心想获得别人对我工作的认可。提前把一个星期的资料都看完再去参加试播会，与节目组的工作人员进行讨论，然后再传递给观众——我一直重复着这样的工作过程，也从未想过改变。就像在同一条轨道上无限循环，某一天蓦然驻足回首，才发现在沿着那条螺旋楼梯缓步而上的过程中，不知不觉整个时代和NHK，以及我自己，都已经走出了这么远的距离。

如今离开节目组已有半年，我又拿出最后一期节目结束后第二天大家为我举办的欢送会上播放的节目嘉宾们录制的VTR留言，重听了一遍。系井重里先生、内桥克人先生、是枝裕和先生、重松清先生、立花隆先生、山口义行先生、柳田邦男先生，大家谈论《聚焦现代》，以及在后台嘉宾室和演播室里与我互动的回忆。此外我还认真地重读了大量观众来信。在节目嘉宾和观众的真挚言辞之中，我回顾了以往这二十三年的经历，同时也决定以自己的方式与《聚焦现代》做一个告别。

于是，与《聚焦现代》的相遇和别离，为何为主播工作而苦恼不已的日子，与嘉宾们一同度过的有意义的时间，难忘的采访，试播会上工作人员们认真的眼神，以及报道节目面临的困境和弊端——这些内容就成了这本书。

有时我因为到国外取材等原因不在，节目组也会安排其他人代替我的主播工作，如果将这一部分节目计算在内，《聚焦现代》一共播出了三千七百八十四期。我重新看了节目的DVD，又把填满了很多纸箱的资料拿出来重读，此外还找当时负责节目的工作人员进行了交谈。我希望通过这样的确认工作，尽量避免记忆错误，但可能多少还是会存在一些，只能请大家多多包涵。

在写这本书的过程中，我强烈感受到，持续了二十三年的节目用一本书来回顾是远远不够的。在这本书里能够列举出标题进行介绍的，只有三千七百八十四期中的八十期节目。此外诸如观众极为关心的"奥姆真理教"事件的相关节目，在演播室里运用模型和全新的摄影技术制作的关于气象、生物科学和宇宙等主题的科学节目，关于棒球、足球、相扑、高尔夫以及奥运会等题材的体育节目，关于看护保险和地方医疗等社会保障问题的节目，以及关于广岛和长崎核爆后遗症等问题的战争题材节目，包括这些节目在内还有很多没能介绍到的主题，我深感愧疚。另外，我在这本书里花费较多篇幅介绍了一些充满紧张感的采访，但对于其他许多触动观众心灵的感人话语就无力再涉及，遗憾之至。

同时我再次深刻感受到，《聚焦现代》是依靠导演、记者、摄影师、图像编辑、音响效果，以及演播室里的摄像、灯光照明和录音人员等NHK培养的优秀人才发挥出强大的力量，才保证了节目长期以来的制作。大家经过全员试播会上的讨论，将节目负责人的意图和想在节目中传达的信息共享，然后向着共同的目标各自努力，节目的完成水平也在这个过程中逐步提高。这种感觉，令我着魔般地喜欢。

虽然时常在采访时被对方的气势压倒，或者因为话题太难而担心自己不能完成任务，但正是这样的经验积累让我成长为一名主播。对于在这二十三年里一直给我提供宝贵机会的 NHK，我感激不尽。此外还有来自各行各业的节目嘉宾，让我明白在看待事物时视点的重要性；为了完成节目的现场直播一起度过的那些美好的时光，我也将一生铭记。

最想感谢的还是一直以来收看《聚焦现代》的无数观众，他们给了我诸多严厉的批评与温暖的鼓励。对于支持我们节目的观众，在这里我想再次向大家表达我真挚的谢意。

在写这本书的过程中，我无数次地感叹写一本回顾二十三年的书真是太难了，几度要放弃。退出节目组不久后，我写的一篇文章刊登在 2016 年 5 月发行的《世界》上，于是我以这篇文章为基础，再加入一些之前偶尔说过和写过的内容，终于坚持到了最后书稿完成的时刻。

此外，还要向长期担任《聚焦现代》责任编辑、给予我诸多宝贵意见的石黑一郎先生和负责《世界》杂志文章刊登并建议我出版成书的岩波书店的熊谷伸一郎先生，以及指出我多处不足并静候我成长的永沼浩一主编，表达由衷的感谢。

国谷裕子

2017 年 1 月

KYASUTA TO IU SHIGOTO
by Hiroko Kuniya
© 2017 by Hiroko Kuniya
Originally published in 2017 by Iwanami Shoten，Publishers，Tokyo.
This simplified Chinese edition published 2021
by Shanghai Translation Publishing House，Shanghai
by arrangement with Iwanami Shoten，Publishers，Tokyo

图字：09－2018－1141 号

图书在版编目(CIP)数据

　　我是主播/(日)国谷裕子著；江晖译. —上海：
上海译文出版社，2021.6
　　(译文看日本)
　　ISBN 978－7－5327－8692－3

　　Ⅰ.①我…　Ⅱ.①国…②江…　Ⅲ.①随笔—作品集
—日本—现代　Ⅳ.①I313.65

　　中国版本图书馆 CIP 数据核字(2021)第 074820 号

我是主播 キャスターという仕事	［日］国谷裕子　著 江晖　译 封面摄影　荒木大甫	出版统筹　赵武平 特邀策划　毛丹青 责任编辑　邹　滢 装帧设计　山　川

上海译文出版社有限公司出版、发行
网址：www.yiwen.com.cn
200001　上海市福建中路 193 号
苏州市越洋印刷有限公司印刷

开本 787×1092　1/32　印张 9.25　插页 5　字数 98,000
2021 年 6 月第 1 版　2021 年 6 月第 1 次印刷

ISBN 978－7－5327－8692－3/I・5363
定价：65.00 元